書下ろし

殺鬼狩り

闇の用心棒⑭

鳥羽 亮

祥伝社文庫

目次

第一章　肝煎屋《きもいり》　9
第二章　殺し人たち　56
第三章　鶉《うずら》の十蔵《じゅうぞう》　104
第四章　右京の危機　150
第五章　古手屋　193
第六章　袈裟《けさ》と突き　238

谷中
今戸
浅草寺
東本願寺
花川戸
向島
阿部川町
佐久間町
右京の長屋
本郷
北本町
蔵前
料亭「一吉」
妙光寺
神田川
両国橋
柳橋
隅田川
新大橋
橘町
富沢町
江戸城
八丁堀
永代橋
深川
南町奉行所
北
西
東
南
増上寺

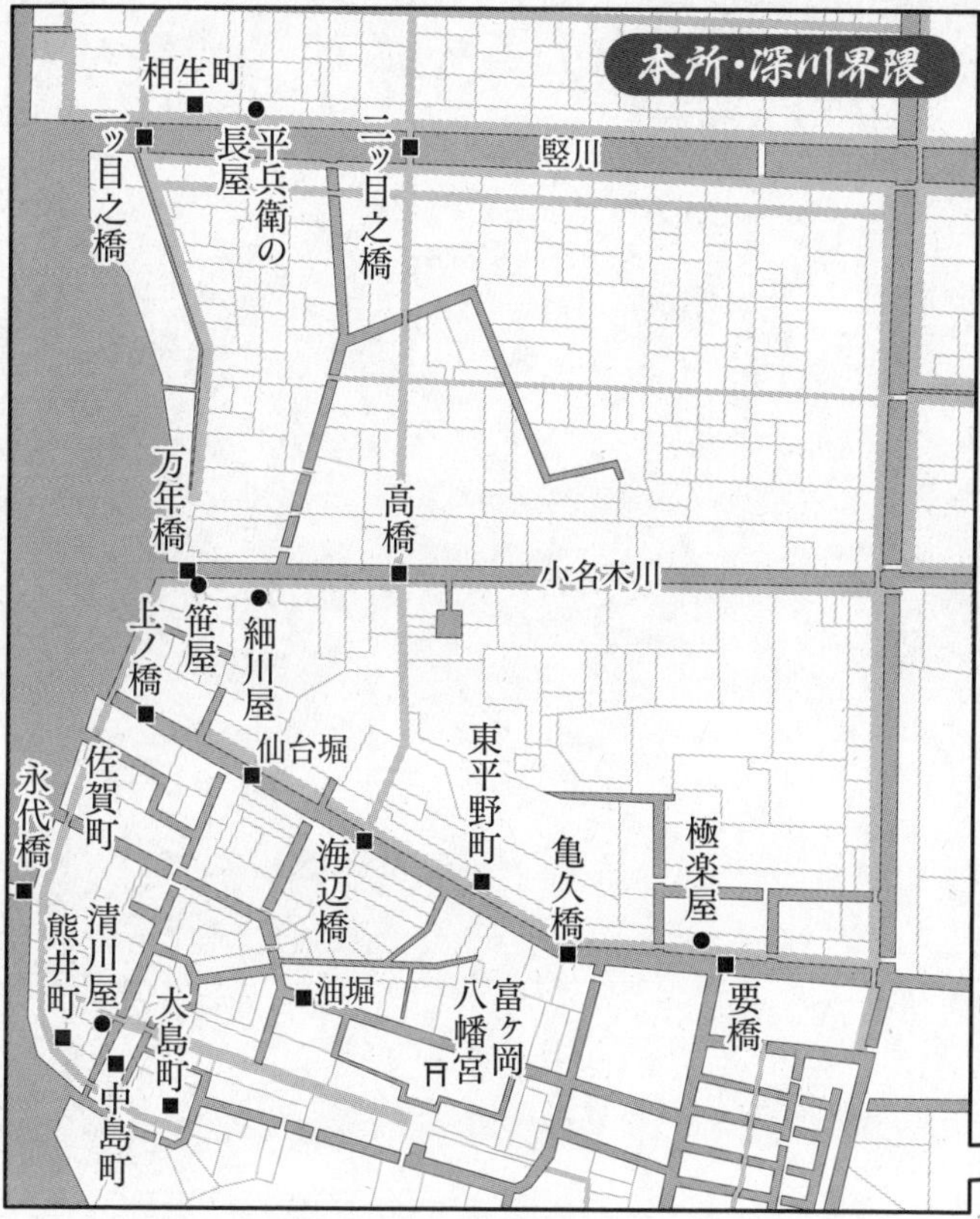
本所・深川界隈
相生町
平兵衛の長屋
一ッ目之橋
二ッ目之橋
竪川
万年橋
高橋
小名木川
笹屋
細川屋
上ノ橋
仙台堀
佐賀町
永代橋
海辺橋
東平野町
亀久橋
極楽屋
要橋
清川屋
熊井町
大島町
油堀
富ヶ岡八幡宮
中島町

「殺鬼狩り」の舞台

第一章　肝煎屋《きもいり》

1

　夕闇が大川端《おおかわばた》をつつんでいた。西の空には淡い残照がひろがっていたが、頭上は藍《あい》色《いろ》を帯び、星がまたたいている。

　すこし風があった。大川の川面は黒ずみ、無数の波の起伏を刻みながら両国橋《りょうごくばし》の彼方までつづいている。日中は、客を乗せた猪牙舟《ちょき》、屋根船、荷を積んだ茶船などが行き交《か》っているのだが、いまは船影もなく荒涼としていた。

　柳橋《やなぎばし》の大川端を、ふたりの男が歩いていた。柳橋にある料理屋一吉《いちよし》の包丁人、忠《ただ》造《ぞう》と若い衆《し》の平助《へいすけ》である。

「すこし、遅くなったな」

　忠造が足を速めながら言った。

　大川端の道にはちらほら人影があったが、道沿いの表店《おもてだな》は店仕舞いし、ひっそりとしていた。聞こえてくるのは、地鳴りのような大川の流れの音だけである。

ふたりは、一吉にむかって歩いていた。浅草《あさくさ》御蔵《おくら》の近くにある米問屋、船橋屋《ふなばしや》に出かけた帰りである。

忠造は五十路《いそじ》を過ぎていた。包丁人であったが、一吉の番頭のような立場で主人の吉左衛門《きちざえもん》とともに店の切り盛りにもあたっていた。大事な客のときは自ら包丁を握るが、ふだんはもうひとりの包丁人、峰吉《みねきち》と包丁人見習いの磯次郎《いそじろう》にまかせていた。忠造は吉左衛門が一吉を始めたときから、主人の右腕として店の経営にあたってきたのである。

船橋屋は、一吉の大事な客だった。主人の松右衛門《しようえもん》が一吉を贔屓《ひいき》にしていただけでなく、商談にも使ってくれた。それに、一吉で使う米も格安で融通してくれたのである。そうしたことがあって、船橋屋から酒席の話があると、番頭格の忠造が打ち合わせに船橋屋に出かけることがあった。一吉と船橋屋は近いので、忠造もそれほど仕事に差し障《さわ》りはなかったのである。

「今夜は、板場に入《へえ》るんですかい」

平助は、忠造が包丁を握るような大事な客の席があるのか訊《き》いたのである。

「いや、今夜は峰吉と磯次郎で済むはずだ」

忠造は、板場に入る予定がなかった。それで、松右衛門と話し込んでしまい、遅くなったのだ。

そんなやり取りをしている間に、通りの先に船宿や料理屋などの灯《ひ》が見えてきた。柳橋は、料理屋、料理茶屋、船宿などの多いことで知られた繁華街である。その賑《にぎ》やかな通りが、近付いてきた。

「柳の陰に、だれかいやすよ」

歩きながら、平助が言った。

半町（約五十四メートル）ほど先、川岸沿いに植えられた柳の樹陰に黒い人影があった。人であることは分かったが、遠方であり樹陰の闇が濃かったので男女の区別もつかない。

「夜鷹かな」

忠造は、この辺りの大川端に夜鷹が出没し、柳橋帰りの酔客の袖《そで》を引くという話を聞いていた。

「ふたりいやすぜ」

「そうだな」

人影はふたつあった。夜鷹が樹陰の暗がりに客をくわえ込んで、ことを始めようとしているのであろうか。

「ひとりは、二本差しのようですぜ」

平助が警戒するような面持ちで言った。

夜鷹ではないようだ。ひとりは武士らしく、袴《はかま》姿で二刀を帯びているのが見てとれた。もうひとりははっきりしないが、腰切半纏《こしきりばんてん》に股引《ももひき》姿のようだった。町人であろう。

「辻斬りかもしれねえ」

平助が小声で言った。

「いや、辻斬りじゃァねえな」

忠造は、辻斬りならひとりでいるはずだと思った。それに、まだ辻斬りが出るほど暗くない。

忠造たちは足をとめずに、人影のある樹陰の方に近付いた。一吉に帰るには、この道を通らねばならないのだ。

十間ほどに近付いたとき、樹陰から男がひとり通りに出てきた。武士ではなく、町人の方である。武士は、まだ樹陰にとどまっている。

町人は手ぬぐいで頬《ほ》っかむりし、紺の腰切半纏に細い股引を穿《は》いていた。痩身《そうしん》である。川並《かわなみ》か船頭といった恰好《かっこう》だった。

　町人は腰をかがめながら忠造たちの前に来て足をとめた。

「ちょいと、お訊きしやす」

　町人が低い声で言った。おだやかな物言いである。

「なんだい」

　忠造は、ほっとした。辻斬りや追剝《おいは》ぎの類《たぐい》ではないと思ったのである。

「旦那は、一吉の忠造さんですかい」

　頰っかむりの間から、町人の細い目が忠造を見つめている。

「そうだが、おまえさんは、だれだい」

　忠造は前に立った町人に見覚えがなかった。

「あっしのことは、どうでもいいんでさァ」

　町人はそう言うと、旦那が、用があるようですぜ、と小声で言い、後ろを向いて手を上げた。

　すると、柳の樹陰にいた武士が通りに出て、小走りに近付いてきた。大柄で、妙に肩幅のひろい男だった。小袖に袴姿で、黒鞘《くろざや》の大小を帯びている。牢人《ろうにん》には見えなかった。軽格の御家人か江戸勤番の藩士といった感じである。

「……！」

忠造の顔がこわばった。大柄な武士の身辺に、殺伐《さつばつ》としたものを感じたからである。平助は、驚いたような顔をしてすこし身を引いた。逃げ出しはしなかったが、腰が引けている。

武士は、忠造の前に立つと、

「一吉の忠造か」

と、胴間声《どうまごえ》で訊いた。

武士は左手を刀の鍔元《つばもと》に添え、右手で柄《つか》を握った。忠造にむけられた双眸《そうぼう》が、淡い闇のなかで、底びかりしている。

武士の脇に立った町人が忠造からすこし離れ、忍び足で忠造の背後にまわっていく。獲物を狙《ねら》う獣《けもの》のような動きである。

「へ、へい……」

忠造の顔が恐怖でひき攣《つ》った。

「冥土《めいど》に送ってやろう」

言いざま、武士が抜刀した。

ヒッ、と忠造が喉《のど》を裂くような短い悲鳴を上げ、凍りついたようにその場につっ立った。

すぐに、忠造は反転し、その場から逃げようとした。

と、武士の身がひるがえり、

「逃がさぬ！」

と声を上げ、忠造の背に斬りつけた。

振りかぶりざま袈裟《けさ》に——。敏速な太刀《たち》捌《さば》きである。

骨肉を截断《せつだん》するにぶい音がし、刀身が忠造の肩から鳩尾《みぞおち》ちかくまで深く食い込んだ。

グワッ！

絶叫を上げ、忠造が身をのけ反らせた。

一瞬、ひらいた傷口から截断された鎖骨が白く見えた。

武士が刀を引いて抜くと、忠造の肩と胸から血が噴いた。忠造は血を撒《ま》きながら、たたらを踏むようによろめいた。

これを見た平助は、

「た、助けて！」

と悲鳴を上げ、反転して逃げようとした。

と、町人がいきなり平助に飛びかかった。獲物に飛びかかる狼《おおかみ》のような動きである。いつ取り出したのか、手に匕首《あいくち》が握られていた。その匕首が、夕闇のなかでにぶい銀色《しろがねいろ》にひかった。狼の牙《きば》のようである。

町人は、匕首で平助の首を掻《か》き斬った。

平助の首から血飛沫《しぶき》が驟雨《しゅうう》のように飛び散った。町人が、匕首で平助の首の血管《ちくだ》を斬ったのである。

平助はよたよたと歩き、足がとまると腰から沈むように転倒した。

地面に俯《うつぶ》せになった平助は、四肢《しし》を痙攣《けいれん》させているだけで悲鳴も呻《うめ》き声も上げなかった。平助の首筋から流れ出た血が地面に落ち、赤い布で平助の体をつつむようにひろがっていく。

「死にやしたぜ」

町人が、顔の返り血を手の甲で擦《こす》りながら言った。顔が紅潮し、細い目が狂気を帯びたように異様なひかりを宿している。平助を殺したことで、気が昂《たかぶ》っているようだ。

「おれの方も始末した」

武士が、路傍《ろぼう》に横たわっている忠造に目をやって言った。

俯せに倒れている忠造は死んだらしく、ぴくりとも動かなかった。忠造の背中がおびただしい血に染まっている。

「長居は無用」

武士が足早に歩きだした。

町人は、すこし背を丸めるようにして跟《つ》いていく。

路傍に倒れた忠造と平助を、淡い夕闇がつつんでいた。川沿いの通りにいくつかの人影があったが、巻き添えを食うのを恐れたのであろう。遠方に足をとめて、近付いてこなかった。大川の川面を渡ってくる風音と流れの音が絶え間なく聞こえてくる。

2

そろそろ梅の咲く季節だった。

五ツ半（午前九時）ごろだった。まだ、風は冷たかったが、陽射しには春がちかいことを感じさせる暖かさがあった。

深川東平野町《ふかがわひがしひらのちょう》。吉左衛門は、仙台堀《せんだいぼり》沿いの道を東にむかって足早に歩いていた。唐桟《とうざん》の羽織に子持縞《こもちじま》の小袖、路考茶《ろこうちゃ》の角帯をしめている。大店《おおだな》の旦那を思わせるような身装《みなり》だった。

仙台堀の岸際に群生した葦《あし》や芒《すすき》が風に揺れて、サワサワと音をたてていた。風のなかに、木の香があった。この辺りは木場が多く、材木問屋の貯木場や木挽《こびき》場がいたるところにひろがっている。

仙台堀沿いの道には、ちらほら人影があった。木場が近いせいであろう。印半纏姿の船頭や細い黒股引を穿いた川並などが目に付いた。

吉左衛門は仙台堀にかかる亀久《かめひさ》橋のたもとを通り過ぎ、長州《ちようしゆう》藩の下屋敷を右手に見ながら歩いた。

吉左衛門は吉永《よしなが》町に入り、長州藩の下屋敷を過ぎてから要《かなめ》橋を渡った。その先に縄暖簾《なわのれん》を出した一膳めし屋があった。そこは、三方を掘割、雑草の繁茂した空き地、寺院の杜《もり》などにかこまれた人気《ひとけ》のない地だった。こんな寂《さび》しい所で、一膳めし屋がやっていけるのかと訝《いぶか》るような場所である。

店の名は極楽屋《ごくらくや》、あるじの島蔵《しまぞう》が洒落《しやれ》でつけた名である。極楽屋は平屋造りで、奥行きがやけに長かった。奇妙な造りである。店先に縄暖簾が出ていなければ、一膳めし屋とは思いもしないだろう。

吉左衛門は極楽屋の店先まで来て足をとめた。なかから男の濁声《だみごえ》や哄笑《こうしよう》などが聞こえてきた。食い物の匂いもする。客がいるようだ。

吉左衛門は縄暖簾を分けて店に入った。薄暗い店のなかに、男たちがたむろしていた。むっとするような温気《うんき》と莨《たばこ》の煙がたちこめていた。酒や食い物の匂いが、ごっちゃになってただよっている。

土間に並べた飯台を前に男たちが、めしを食ったり酒を飲んだりしていた。二の腕から入墨が覗《のぞ》いている男、隻腕《せきわん》の男、半纏に褌《ふんどし》ひとつの半裸の男など、いずれも一癖も二癖もありそうな連中だった。店に集まっているのは、凶状持、無宿人、地まわり、博奕《ばくち》打ちなど、世間に背をむけて生きている者たちばかりである。

吉左衛門が店に入っていくと男たちのおしゃべりがやみ、酒を飲む手がとまって、いっせいに顔をむけた。

「お、一吉の旦那じゃァねえか」

声をかけたのは、飯台の隅で飲んでいた留五郎《とめごろう》である。

留五郎は吉左衛門のことを知っていた。他にも知っている男がいるらしく、吉左衛門の名を口にする者もいた。

留五郎は半纏に褌ひとつで、陽に灼《や》けた肌をあらわにしていた。だいぶ、酒を飲んだと見え、肌が爛《ただ》れたように赤らんでいる。

留五郎は日傭取りだった。普請場でもっこ担ぎをしたり、桟橋で船荷を運んだりの力仕事をして暮らしている。

島蔵は極楽屋で一膳めし屋だけでなく、口入れ屋もやっていた。

口入れ屋は、請宿《うけやど》、慶安《けいあん》などとも呼ばれ、下男下女、中間などの奉公人の斡旋業《あっせん》である。ただ、極楽屋はただの口入れ屋ではなかった。まっとうな男なら嫌がる普請場のもっこ担ぎ、川岸の石垣積み、借金取り、用心棒などの命を的《まと》にするあぶない仕事を斡旋していたのである。

極楽屋は、そうした男たちの住む長屋のようになっていた。店の奥行きが長いのは、男たちの住む部屋が長屋のようにつづいていたからだ。

近隣に住む者たちの中には、極楽屋ではなく地獄屋と呼んで揶揄《やゆ》する者もいた。鬼のような荒くれ男たちが、いつも店にたむろしていたからである。

「島蔵さんは、おいでかな」

吉左衛門が笑みを浮かべて訊いた。

「いるよ、いま、呼んできてやるぜ」

留五郎はすぐに立ち上がった。

待つまでもなく、留五郎は板場から赤ら顔のでっぷり太った男を連れてきた。極楽屋のあるじの島蔵である。

島蔵は板場で洗い物でもしていたらしく、濡れた手を拭きながら吉左衛門のそばに来ると、

「何かありやしたかい。肝煎屋の旦那みずから足を運んでくるとは、おめずらしい」

と、ギョロリとした目で吉左衛門を見ながら訊いた。

島蔵は眉《まゆ》が濃く、牛のような大きな目をしていた。

島蔵には一膳めし屋と口入れ屋のほかに、もうひとつ別の顔があった。裏稼業の「殺し」の元締めである。江戸の闇世界で、島蔵はひそかに地獄の閻魔《えんま》と呼ばれていた。地獄は地獄屋からきたもので、閻魔は島蔵の顔付きが閻魔に似ていたからである。

「面倒なことになっていてな。閻魔さまに、頼みてえことがあるのよ」

吉左衛門が島蔵に身を寄せ、小声で言った。料理屋のあるじらしくない、凄《すご》みのある物言いである。

吉左衛門は五十がらみで、丸顔で目が細く、柔和な顔付きをしていたが、その顔が変わっていた。顔がひき締まり、双眸がうすくひかっている。

吉左衛門にも、島蔵と同じように裏の顔があった。江戸の闇世界で、肝煎屋とかつ

なぎ屋と呼ばれる殺しの斡旋人であった。吉左衛門が依頼人から受けた殺しを島蔵につないでいたのである。

吉左衛門は一吉の主人におさまる前は、盗人の頭目で江戸の闇世界のことにくわしかった。顔もきくし、仲間もいる。そうした者たちをとおして、吉左衛門が殺しのつなぎ役をしていることが闇世界に知れ、ひそかに依頼する者がいたのだ。

さらに、仲間の噂《うわさ》や一吉の客の話などから、金ずくで人を殺したいと思っている者がいることを知ると、吉左衛門の方からそれとなく近付くこともあった。そうやって、吉左衛門は殺しの依頼を受け、島蔵につなぐのである。当然のことだが、吉左衛門の懐《ふところ》には相応のつなぎ料が入る。

「仕事の話かい」

島蔵は腰掛け替わりの空き樽に腰を下ろした。

「そうだ」

「ここで、いいのか」

島蔵が小声で訊いた。

「いや、奥を頼む」

吉左衛門は殺しを匂わせずに、簡単に仕事の依頼を店で話すこともあったが、こみいった件になると奥の小座敷で話すことが多かった。極楽屋にたむろしている連中は、島蔵の手先のようなものだったが、それでも他人の耳に入れたくなかったのである。

「嘉吉《かきち》に話してくる。一杯、飲みながら聞かせてもらうよ」

島蔵は空き樽から腰を上げた。

嘉吉は上州《じょうしゅう》から流れ着いた無宿者だったが極楽屋に住み着き、いまは若い連中の兄貴格だった。ふだんは、極楽屋の板場を手伝っている。

3

「まァ、一杯、やってくれ」

島蔵が銚子を手にした。

嘉吉は酒肴《しゅこう》を運ぶと、吉左衛門に挨拶《あいさつ》しただけで板場にもどってしまった。肴《さかな》は炙《あぶ》ったするめと漬物である。

「すまねえな」

吉左衛門は猪口《ちょこ》に酒をついでもらうと、元締めもやってくれ、と言って島蔵の猪口にも酒をついだ。

表の店で飲み食いしている男たちの談笑の声がかすかに聞こえていたが、島蔵と吉左衛門の声が男たちに聞こえることはなかった。

いっとき、酒をつぎ合って飲んだ後、

「それで、どんな話だい」

と、島蔵が切り出した。

「五日前のことだが、大川端で一吉《うち》の者がふたり殺《や》られたのを知ってるかい」

吉左衛門が言った。

「ふたり殺されたのは知ってるが、おめえの店の者か」

島蔵が驚いたような顔をした。

「それも、おれの手下の忠造と平助よ」

忠造は吉左衛門が肝煎屋をはじめる前から、右腕として動いていた男だった。そうしたこともあって、包丁人ではあったが、帳場にいることが多かったのだ。また、平助は忠造が手先のように使っている男で、吉左衛門と忠造の裏の顔も知っていた。平助も吉左衛門の手先といっていい。

「殺られたのは、忠造と平助だったのかい」

島蔵も、忠造と平助が吉左衛門の手先として裏の顔を持っていることを知っていた。ふたりは吉左衛門の使いで、極楽屋に来たことがあったのである。

「それも、店の近くだ」

吉左衛門の顔に苦渋の表情が浮いた。

「殺ったのは、だれだい」

島蔵が小声で訊いた。

「それが、分からねえんだ。下手人はふたりらしい」

「喧嘩《けんか》か」

「そんなんじゃァねえ。……殺されたふたりの傷を見たがな。下手人は刀と匕首を遣ったらしい。ふたりとも、見事な腕だ」

吉左衛門によると、忠造は刀で肩から袈裟に斬られ、平助は首を匕首で掻っ斬られていたという。

「下手人は殺し人か」

島蔵の顔がきびしくなった。

「まだ、何とも言えねえが、素人《しろうと》じゃァねえな」

「下手人に思い当たるのは、いねえのか」

島蔵が訊いた。

「昔の恨みなら数えきれねえが、今は……」

吉左衛門が首を横に振った。

「それで、おめえの頼みは」

島蔵が声をあらためて吉左衛門に訊いた。

「とりあえず、忠造と平助を殺ったやつらをつきとめてもらいてえ」

どうやら、吉左衛門自身が依頼人らしい。

「始末するんじゃァねえのか」

「殺しを頼むのは、だれが何のために忠造たちを殺ったか、つかんでからだな」

「うむ……」

「それに、おれは、これだけで終わらねえような気がするのよ」

吉左衛門の顔に憂慮の翳《かげ》が浮いた。

「まだ、だれか殺されるとみているのか」

「ああ……。次は、おれかもしれねえ。肝煎屋の者を狙っているとすれば、後はおれしかいねえからな」

吉左衛門の顔がきびしくなった。

「分かった。手引き人を、総出であたらせるぜ。肝煎屋のおめえを殺させるわけにはいかねえからな」

極楽屋に出入りし、殺しの仕事にかかわる者は島蔵の他に殺し人と手引き人がいた。手引き人は殺し人の手引きをする役まわりである。実際には殺す相手の身辺を探ったり、塒《ねぐら》をつきとめたりする。また、相手を尾行したり、殺しの場に引き出して殺し人が仕事をしやすくするのも手引き人の仕事である。

「とりあえず、百両用意した。……殺しを頼むときは、また別に出すつもりだ」

そう言って、吉左衛門は懐から袱紗《ふくさ》包みを取り出した。金が包んであるらしい。

「承知した」

肝煎屋の依頼でも、ただというわけにはいかなかった。殺し人はどんな相手でも私情をはさまず、金ずくで動くのである。それは、肝煎屋の依頼でも同じだった。

「そのかわり、ここの酒代はもらわねえよ」

「すまねえな」

吉左衛門は苦笑いを浮かべて立ち上がった。

二日後、極楽屋の店の奥の小座敷に、六人の男が集まっていた。島蔵、嘉吉、孫《まご》

八《はち》、猪吉《いきち》、勇次《ゆうじ》、弥之助《やのすけ》だった。

嘉吉たち五人が、極楽屋に出入りする手引き人だった。ただ、孫八だけは殺し人と手引き人をかねていた。匕首を巧みに遣い、相手が町人のときは殺し人として仕事を引き受けることもあったのだ。

弥之助は三か月ほど前、手引き人になったばかりである。弥之助は二十二歳、武《ぶ》州《しゅう》の潰《つぶ》れ百姓の倅《せがれ》だった。中山道《なかせんどう》を流れ歩いて江戸に入り、極楽屋にたどり着いた無宿人である。弥之助は二年ほど前から極楽屋に住み着き、普請場でもっこ担ぎをしたり、鳶《とび》の手伝いなどをして銭を稼いでいたが、身軽だったのと足が速いのを島蔵が見込んで、手引き人にとりたてたのである。

集まった嘉吉以下五人の顔には、戸惑いの色があった。その場に、殺し人がひとりもいなかったからである。通常、島蔵が殺しの話をするときは、殺し人と手引き人の両方を呼んでいた。それに、はじめから手引き人五人をすべて集めるようなことは、これまでなかったのである。

「柳橋の大川端で、男がふたり殺されたことは知ってるかい」

島蔵が切り出した。

「知ってやすぜ」

嘉吉が言うと、他の四人もうなずいた。

「殺されたのは、一吉の忠造と平助なのだ。ふたりとも肝煎屋の配下だが、面《つら》は知ってるな」

島蔵は、集まった五人に吉左衛門と殺されたふたりの関係をかいつまんで話した。

「それで、あっしらの仕事は」

孫八が訊いた。

孫八は、四十過ぎだった。嘉吉たち四人の手引き人が、極楽屋に住み着くようになる前から殺し人と手引き人をかねていた男である。孫八は年配ということもあって、手引き人のまとめ役であった。ふだんは屋根葺《ふ》き職人をしていた。塒は極楽屋ではなく、深川入船《いりふね》町の甚右衛門《じんえもん》店である。

「まず、忠造と平助を殺った下手人をつきとめてくれ」

島蔵は、吉左衛門から聞いていたふたりの体に残っていた傷跡のことを話し、下手人が素人でないことを言い添えた。

「親分、下手人は金のために忠造たちを殺ったんですかい」

猪吉が訊いた。

「それが、まったく分からねえんだ。……下手人をつきとめりゃア、何のために殺ったかも見えてくるはずだ」

「ふたりを始末しねえんで?」

孫八が、さらに訊いた。

「いまはな。殺るのは、下手人の正体をつかんでからだ。そんときは、殺し人の手を借りることになるだろうな。……とりあえず、肝煎屋から百両もらっている。この金は、おめえたちだけで分けてくれ」

島蔵は、懐から吉左衛門からもらった切り餅《もち》を四つ取り出した。切り餅ひとつで二十五両。都合、百両ということになる。五人で分けると、ひとり二十両だった。高くはない。手引き人も、殺し人と同じように命を的にした仕事である。

島蔵は殺し人の元締めだったので、殺しの依頼を受けて相応の殺し料をもらったら、自分の取り分を手にしようと思っていた。

「承知しやした」

孫八が言うと、嘉吉たちもうなずいた。

孫八たち五人が金を受け取り、立ち上がろうとすると、

「おめえたち」

と、島蔵が声をかけた。

「あまくみるなよ。いつ、命を狙われるか分からねえぞ」

「へい」

孫八が、きびしい顔でうなずいた。

4

「孫八さん、忠造たちを殺ったふたりは、前《めえ》から付け狙ってたんじゃァねえかな」

弥之助が孫八に言った。

孫八は、島蔵に、弥之助はまだ手引き人の仕事になれてねえ、しばらく面倒をみてやってくれ、と頼まれ、弥之助といっしょに行動していたのだ。

「おれも、そうみたぜ」

孫八も、ふたりの下手人は忠造たちを狙っていたとみていた。

それというのも、大川端の船宿の船頭が、忠造たちが殺される二日前に黒股引姿の痩《や》せた川並ふうの町人に、忠造と平助のことを訊かれたと話したからだ。

孫八と弥之助は、柳橋の大川端を歩いていた。忠造と平助が殺された近くである。孫八たちは、忠造たちを殺した下手人を探るために柳橋に来ていたのだ。

「他にも、下手人を見たやつがいるかもしれねえ」

弥之助が、目をひからせて言った。

「そうだな」

孫八たちが、柳橋に足を運ぶようになって三日目だった。忠造たちが殺されたとき近くで見ていた者を捜し、下手人のことを聞き出すためである。

この三日間で、孫八たちは、忠造と平助が殺される現場近くにいた者を何人かつきとめて、話を聞くことができた。その結果、忠造たちを殺ったのはふたりで、ひとりは大柄な御家人ふうの武士、もうひとりは痩身で細い黒股引を穿いた町人であることが分かった。

「侍と町人というのが気になるな。それも、徒牢人《いたずらろうにん》じゃァねえようだ」

孫八が歩きながら言った。

「町人も、匕首をうまく遣うようだし……」

弥之助がつぶやいた。

「ふたりとも、殺し人かもしれねえな」

喧嘩、恨み、追剝ぎ、辻斬り、そういった類での殺しではないようだった。しかも、ふたりは素人ではなく、忠造と平助を狙って殺したのである。そうしたことから推測して、殺し人が依頼を受けて殺したとみていいようだ。

「これから、どうしやす」

弥之助が顔をひきしめて訊いた。弥之助も、根の深い殺しのように思ったのだろう。

「この近くで、聞き込んでももう何も出てこねえかもしれねえ」

孫八は、現場近くの聞き込みはそろそろ終わりにしようと思っていた。殺し人の仕業なら、これ以上、この近くで聞き込んでもあらたなことは分からないだろう。

「明日から、両国と浅草寺《せんそう》界隈を当たってみるか」

金ずくで殺しを請け負う者の仕業なら、遊び人や地まわりなど、界隈の闇世界のことにくわしい者に当たった方が早いのではあるまいか。

「いずれにしろ、尻尾《しっぽ》をつかむのは、むずかしいかもしれねえな」

孫八がつぶやくような声で言った。

江戸の闇世界のことにくわしい吉左衛門が知らないのだから、遊び人や地まわりもあまり当てにできなかった。

「ともかく、明日からだな」

孫八は西の空に目をやって言った。

夕陽が浅草の家並の向こうに沈みかけていた。西の空が茜《あかね》色の夕焼けに染まっている。あと、小半刻（三十分）もすれば、暮れ六ツ（午後六時）の鐘が鳴るだろう。

孫八と弥之助は神田《かんだ》川にかかる柳橋を渡り、賑やかな両国広小路に出た。ふたりは両国橋を渡って本所《ほんじょ》に出ると、深川に足をむけた。今日のところは極楽屋にもどり、弥之助とふたりで一杯やろうと思っていた。

ふたりは大川端を川下にむかって歩き、仙台堀にかかる上ノ橋のたもとを左手におれた。堀沿いの道を東にむかえば、極楽屋に行ける。

暮れ六ツの鐘が鳴っていっときすると、堀沿いの道は淡い夕闇につつまれてきた。辺りに人影はなかった。通り沿いの店屋は表戸をしめてひっそりとしている。風音と仙台堀の岸に寄せる波音だけが、絶え間なく聞こえてくる。

ふたりは仙台堀にかかる海辺《うみべ》橋のたもとを過ぎ、西平野町に入った。しばらく歩くと、亀久橋が見えてきた。夕闇のなかに橋梁《きょうりょう》が黒く横たわっている。さらに風が強くなり、堀際の繁茂した葦がザワザワと揺れている。

「孫八さん、だれか来やすぜ」

弥之助が、前方に目をやりながら小声で言った。

見ると、町人体の男が亀久橋を渡って足早に近付いてくる。男は手ぬぐいで頰っかむりしていた。半纏に、細い黒の股引姿である。川並のようだった。この辺りは木場が多く、船頭や川並などが多い。

孫八の脳裏に忠造たちを殺した川並ふうの男のことがよぎったが、足をとめなかった。相手はひとりである。たとえ、殺し人であったとしても恐れることはないと思ったのだ。男は足早に孫八たちに近付いてきた。痩せた男で、敏捷《びんしょう》そうだった。頰っかむりしているので顔は見えない。

男は孫八たちの前まで来ると足をとめ、

「ちょいと、お訊きしやす」

と、小声で言った。おだやかな物言いである。

「なんでえ？」

孫八と弥之助は、足をとめた。

「おめえさんたちは、極楽屋の方ですかい。それとも、地獄屋といった方がいいのかな」

男の声が、急に低くなった。頰っかむりした手ぬぐいの間から、細い目が孫八を射るように見すえている。

「てめえ、だれだ！」

孫八の右手が、懐に入った。呑んでいた匕首の柄を握ったのだ。孫八は、こいつは忠造たちを殺ったやつかもしれねえ、と思った。

「おふたりに、ちょいと、用があるんでさァ」

男の口許に薄笑いが浮いた。

「なんの用だ」

弥之助が声を荒らげて訊いた。

「用があるのは、向こうにいる旦那なんでさァ」

そう言って、男は路地沿いの店屋の方に顔をむけた。

店仕舞いした店の間から人影が通りに出て、小走りに孫八たちの方へむかってきた。大柄な武士である。茶の小袖に黒袴姿で、二刀を帯びている。

バサバサ、と袴の裾が音をたてた。武士が駆けだし、一気に孫八たちに迫ってきた。巨熊でも迫ってくるような迫力がある。

「てめえら、殺し人だな！」

孫八が叫びざま、匕首を抜いた。

一瞬、弥之助は身を硬くして立ちすくんだ。まだ、こうしたことになれていなかったのである。

「命はもらったぜ」

男が懐から匕首を取り出し、腰を低くして顎《あご》のあたりに構えた。野犬が獲物に飛びかかっていくような身構えである。

武士も抜刀していた。抜き身を八相《はっそう》に構えて弥之助の方に迫ってくる。刀身が三尺ほどもある長刀だった。その刀身が薄闇のなかで、銀蛇のようにひかっている。

「弥之助、逃げろ！」

孫八が叫んだ。ふたりを相手にして勝ち目はないと察知したのである。

だが、弥之助はすぐに逃げなかった。咄嗟《とっさ》に、恐怖で体が硬くなり、すぐに反応できなかったのかもしれない。

弥之助は懐から匕首を取り出し、握りしめたまま後じさった。目がつり上がり、体が顫《ふる》えている。

「駆けろ！　弥之助」

叫びざま、孫八は前に立った男にむかって踏み込み、手にした匕首を突き出した。

スッ、と男の姿が、孫八の視界から消えた。

次の瞬間、孫八の右の前腕に焼き鏝《ごて》を当てられたような衝撃がはしり、手にした匕首が地面に落ちた。

……やられた！

と、孫八は感じた。男が横に跳びながら、匕首をふるったのである。

だが、傷を負ったのは腕だけだ。命に別状はない。

孫八はそのまま前に突っ込んだ。

……逃げなければ！

と、孫八は頭のどこかで思った。

逃げるしか助かる手はない。孫八は懸命に走った。

男が後を追ってきた。

「やろう、逃げやがった」

そのとき、背後で、ギャッ！　という絶叫が聞こえた。弥之助が武士に斬られたらしい。孫八は足をとめなかった。弥之助を助けることはできない。追いつかれれば、自分が殺される。孫八は夢中で逃げた。

だが、後ろから走ってくる足音は、しだいに近付いてきた。孫八は足が速かったが、男はさらに速いらしい。

……このままでは、追いつかれる！

と、孫八は察知し、咄嗟に仙台堀の岸辺へ足をむけた。

孫八は岸際から、川面にむかって跳んだ。

バサッ！　という音とともに、孫八の体は岸際に群生した葦のなかにつっ込んだ。

孫八は倒れた葦の上に尻餅をつき斜面を滑り落ちたが、体がとまると、葦を掻き分けて堀の水のなかに踏み込んだ。右手に疼痛《とうつう》があったが、かまっていられなかった。いまは、逃げるだけである。

バシャ、バシャ、と水を蹴《け》って、堀のなかほどに入った。ふたりの殺し人から逃げるには、向こう岸へ這《は》い上がるしかなかった。

「あそこだ！」

男が岸際に立って叫んだ。孫八の姿を目にしたらしい。

孫八はかまわず、水を手で掻き分けながら対岸にむかった。しだいに水は深くなった。水深は膝《ひざ》から腰のあたりになり、さらに深いところは胸のちかくまであった。だが、すぐに浅くなり、対岸が近くなった。

「川の向こう岸へ逃げやすぜ」

男が武士に言った。

武士は何も言わなかった。岸際に立って、孫八を見つめている。

孫八は浅場まで来ると、水を蹴りながら岸辺にむかった。岸際に群生した葦のなかに踏み込んだとき、孫八はあらためて背後に目をやった。

ふたりの姿はなかった。亀久橋を渡って対岸にむかったことも考えられるので、橋のたもとや橋上を見まわしたが、町人と武士の姿はなかった。ふたりは、あきらめてその場を離れたらしい。

……逃げられた！

と、孫八は思った。

岸辺から通りに這い上がると、孫八は対岸や亀久橋の方に目をやり、弥之助の姿を探した。どこにも、人影はなかった。路傍に倒れているのではないかと思ったが、対岸からは見えなかった。

孫八は亀久橋を渡って、襲われた対岸へ行ってみようと思ったが、踏みとどまった。ふたりの殺し人が物陰に身を隠して、孫八がもどってくるのを待っている恐れがあった。腕のいい殺し人なら、孫八がもどってくるのを待つだろう。

……ともかく、元締めに知らせよう。

この場から極楽屋は近かった。島蔵に話し、仲間とともに引き返してくるより他に手はないと思った。

5

まゆみは、急須で湯飲みに茶をつぎながら、

「右京《うきょう》さま、今日は剣術の稽古《けいこ》はお休みですか」

と、訊いた。そして、湯気のたつ湯飲みを片桐《かたぎり》右京の膝先に置いた。

「今日は、稽古はないのだ」

右京は膝先に置かれた湯飲みに手を伸ばしながら言った。

神田岩本《いわもと》町にある長兵衛店《ちょうべえだな》である。まゆみは右京とふたりで朝餉《あさげ》を終えた後、右京のために茶を淹《い》れたのだ。

まゆみと右京が、所帯を持って三年余になる。まゆみは右京といっしょになった後も、右京さまと呼んでいた。子供ができないせいもあり、まゆみはまだ新婚気分から抜けきれないのだ。

右京は御家人の冷や飯食いだった。まゆみといっしょになったときに家を出て、いまは長屋暮らしの牢人である。

右京は鏡新明智流《きょうしんめいちりゅう》の遣い手で、旗本や御家人の屋敷に出稽古に行き、その礼金と

実家からの合力で口を糊《のり》していることになっていた。ただ、それは表向きのことで、その実、極楽屋に出入りしている殺し人のひとりであった。まゆみは、右京が殺し人であることは知らない。

「ねえ、亀戸《かめいど》の梅は咲いたかしら」

まゆみの声には、甘えるようなひびきがあった。ほんのりと色白の頬《ほお》が朱に染まっている。

亀戸の梅屋敷は、江戸でも梅の名所として知られたところだった。梅屋敷にある臥《が》龍梅《りようばい》は、江戸でも一、二といわれている梅の名木である。

「咲いたかもしれんな」

このごろ、暖かい日がつづいたので、梅も開花したのではないか、と右京は思った。

「右京さま、父上を誘って三人で梅見に行きましょうか」

まゆみが目をかがやかせて言った。

まゆみの父親は、安田平兵衛《やすだへいべえ》という名の牢人だった。平兵衛は、まゆみとふたりで長屋暮らしをしていたのだが、まゆみが右京と所帯を持って家を出た後は、独《ひと》り暮らしをつづけている。

「そうだな」

右京は暇《ひま》だったこともあり、平兵衛と三人で亀戸へ梅見に出かけてもいいと思った。

そのとき、戸口に近寄ってくる足音がした。聞き慣れない草履の音である。足音は、戸口でとまった。

「片桐さま、おられますか。シマクラさまの使いできやした」

腰高障子の向こうで、男の声がした。

「稽古のことだな」

そう言って、右京は立ち上がった。

声の主は、嘉吉だった。シマクラとは、島蔵のことである。右京が殺し人であることを秘匿するために使いの嘉吉も島蔵の名は口にせず、武家屋敷からの使いを装ったのである。

「まゆみ、すこし、話してくる」

そう言い置き、右京は腰高障子をあけて外に出た。

右京は家の戸口から離れたところに嘉吉を連れていき、

「どうした」

と、訊いた。朝のうちから、嘉吉が知らせにくるのはめずらしかったのだ。

「弥之助が殺られやした」

嘉吉は、弥之助と孫八が襲われて、弥之助が殺され、孫八が腕を斬られたことをかいつまんで話した。

「相手は？」

「殺し人のようでさァ」

「殺し人だと」

右京が驚いたような顔をした。殺し人が、手引き人を狙ったのであろうか――。極楽屋の殺し人が、弥之助や孫八を狙うはずはないので、別の元締めのところに出入りしている殺し人であろう。

「だれが殺ったのか、親爺さんにも分からねえようでさァ。……それで、今夜、笹屋《ささや》に集まって欲しいそうで」

嘉吉が言った。

笹屋は小名木川《おなぎ》にかかる万年橋《まんねん》のたもとにあるそば屋だった。笹屋は島蔵の息のかかった店で、殺しの依頼をするときに使われる。

「安田さんにも、知らせたのか」

右京が訊いた。まゆみの父親の安田平兵衛も、殺し人だったのである。

「へい、だれか知らせに行ってるはずでさァ」

「承知した」

右京は、笹屋に行くつもりだった。


平兵衛は、近所に住む青木与兵衛《あおきよへえ》という御家人から頼まれた刀を研いでいた。青木は、納屋に放り込んであった鈍刀《なまくら》なので、暇なときに研いでくれればいいと言って置いていったのだ。

平兵衛は刀の研ぎ師だった。すでに還暦を過ぎた老齢である。鬢《びん》や髷《まげ》は白髪《しらが》混じりで、顔には老人特有の肝斑《しみ》も浮いていた。小柄な体で、すこし背もまがっている。

平兵衛の住む庄助店《しょうすけだな》は、本所相生町《あいおい》にあった。古い棟割り長屋だが、座敷は八畳のひろさがあった。その座敷の一角を三畳ほど板敷きにし、屏風《びょうぶ》でかこってある。そこが、平兵衛の研ぎ場だった。

平兵衛は伊予砥《いよと》と呼ばれる砥石を使って、刀身の錆《さび》を落としていた。伊予砥は伊予から産出される砥石で、下地研ぎや錆落としに使われることが多い。

平兵衛は研ぎ桶《おけ》の水をすくって砥面に垂らし、刀身を砥面に当てて力を込めて押した。すると、赤茶けた錆が薄汚れた着物を脱ぐように流れ出し、澄んだ刀身の地肌があらわれてきた。平兵衛は繰り返し繰り返し、刀身を押して錆を落とした。刀の研ぎは、根気のいる仕事である。

そのとき、腰高障子の向こうで足音がした。しだいに、戸口に近付いてくる。足音は腰高障子のそばでとまった。

コトッ、と土間でちいさな音がした。

平兵衛は研ぎかけの刀を脇に置くと、立ち上がって屛風の上から戸口に目をやった。腰高障子はしまったままである。

遠ざかる足音とともに、障子に映った黒い人影が沈むようにちいさくなって消えた。だれか、戸口から離れたらしい。

平兵衛は座敷に出て、土間に目をやった。土間に小さく折り畳んで結わえた紙が落ちていた。だれか、障子の破れ目から投げ入れていったらしい。

投げ文である。

……仕事の依頼か。

平兵衛は胸の内でつぶやき、投げ文を手にしてひらいた。

――十八夜、笹。

とだけ記してあった。

島蔵からの殺しの依頼だった。十八は、四《じ》、五《ご》、九《く》。地獄屋のことである。笹は島蔵が殺しの依頼のおりによく使う笹屋のことだった。つまり、殺しの依頼があるので笹屋に来てほしいという意味である。

平兵衛は、右京と同じように極楽屋に出入りする殺し人だった。研ぎ師は隠れ蓑《みの》ともいえた。

平兵衛は両手を腰に当てて伸ばしながら、

……さて、今日はこれまでにするか。

平兵衛は刀の研ぎを終わりにし、笹屋に行ってみようと思った。

6

「安田の旦那、いらっしゃい」

笹屋の戸口にいたお峰《みね》が、平兵衛に声をかけた。

お峰は笹屋に古くからいる女中で、平兵衛のことを知っていた。ただ、平兵衛が相生町の長屋に住む研ぎ師ということを知っているだけで、殺し人などとは思ってもみない。

「みなさん、見えてますかね」

平兵衛がおだやかな声で訊いた。

平兵衛や島蔵たちは俳句好きで、句会をひらく相談のために笹屋に集まることにしてあった。あるじの松吉《まつきち》は島蔵が殺し人の元締めであることも、笹屋に集まって殺しの相談をしていることも知っていた。ただ、松吉は島蔵の息のかかった男で、島蔵たちが殺しにかかわっていることなどおくびにも出さなかった。むろん、島蔵から相応の金が松吉に渡されているはずである。

「みなさん、お集まりですよ」

お峰は、旦那も上がってくださいな、と言って、平兵衛の先にたって二階に上がった。二階の座敷には、島蔵をはじめ七人の男が集まっていた。

殺し人の片桐右京、朴念《ぼくねん》、孫八。

手引き人の嘉吉、猪吉、勇次。

その場に、弥之助の姿はなかった。それに、孫八が右の前腕に分厚く晒《さらし》を巻いていた。傷を負っているようだ。こうした集まりのとき、孫八は年配ということもあって、殺し人の側に座ることが多かった。

「安田の旦那、ここに腰を下ろしてくれ」

島蔵が、右手の座布団に手をむけて言った。平兵衛の席としてとってあったらしい。すでに、酒肴の膳も置いてある。

「すまない。後れてしまったようだ」

平兵衛は、集まった男たちに頭を下げてから腰を下ろした。

「話は、一杯やってからだな」

そう言って、島蔵は銚子をとると、安田の旦那、やってくれ、と言って、平兵衛の猪口に酒をついでやった。その場に集まっていた男たちは、ちかくに座した者と酒をつぎ合って、喉をうるおした。

島蔵は男たちが猪口をかたむけたのを見ると、

「今度の件は、おれと肝煎屋の頼みと思ってくれ」

と、切り出した。

「実は、肝煎屋から探りを頼まれてな。孫八たちが総出であたっていたのだ」

島蔵が、一吉の忠造と平助が何者かに殺されたことと、孫八たちが下手人を探っていて、ふたり組の殺し人に襲われ、弥之助が殺され、孫八が右腕を斬られたことをかいつまんで話した。

「孫八、おめえから、襲われたときの様子を話してくれ」

そう言って、島蔵は孫八に後をつづけさせた。

「へい、あっしと弥之助とで、柳橋に下手人を探りに行った帰《けえ》りでした。亀久橋のたもと近くで、待ち伏せていたふたり組に襲われやした」

孫八は、武士と川並ふうの町人に襲われたことを話し、ふたりの体付きや遣った武器なども言い添えた。

「あっしは、仙台堀に飛び込んで何とか逃げやしたが、弥之助は殺られちまったんでさァ」

孫八は肩を落とし、悲痛な顔をした。

「ふたりは、殺し人とみていいな」

島蔵が低い声で言った。厳しい顔である。牛のような大きな目が、座敷の隅に置いてある燭台《しよくだい》の火を映じて熾火《おきび》のようにひかっている。

「元締め、その殺し人だが、だれか分からねえのか」

朴念が胴間声で訊いた。

朴念は異様な風貌の主である。三十がらみ、巨漢で全身を鋼のような筋肉がおおっていた。坊主頭で酒を飲むと頭も顔も赤く染まり、まるで蛸《たこ》坊主のようになる。町医者という触れ込みで、黒羽織に黄八丈の小袖姿をしていたが、医者の心得などまったくない。

怪物のような風体をしているが、女子供に怖がられるようなことはなかった。ひょうきんな顔付きのせいであろう。丸顔で小鼻が張り、糸のような細い目をしていた。それに、いつもニタニタ笑っているのだ。

朴念は手甲鈎《てっこうかぎ》の名手だった。腕に嵌《は》めた手甲鈎の尖《とが》った爪で、敵の顔を引き裂いたり、鉄輪の部分で殴り殺したりする。

朴念は甲州《こうしゅう》街道沿いの水飲み百姓の次男だったが、手甲鈎の指南を受けた旅の武芸者に、おまえは朴念仁だと言われ、その後、朴念を名乗るようになったそうである。

「それが、分からねえんだ」

島蔵が答えた。

「肝煎屋も知らないのか」

平兵衛が、念を押すように訊いた。肝煎屋の吉左衛門なら、殺し人のことを知らないはずはないと思ったのである。

「肝煎屋も知らないようだ。……それに、どうして忠造や平助が狙われたのかも分からねえんだ」

島蔵が渋い顔をして言った。

「元締め、あっしらを狙ったふたりは、あっしと弥之助が極楽屋の者だと確かめてから襲ってきやしたぜ」

孫八が脇から口をはさんだ。

「どうやら、殺し人ふたりは肝煎屋と極楽屋の者を狙ったようだな」

島蔵が言った。

座敷にいる殺し人と手引き人の目が島蔵に集まっていた。手にした猪口を口のちかくにとめたまま、身を硬くしている者もいる。

「これで終わるとは思えねえ。……さらに、手引き人を狙ってくるだろうし、殺し人にも手を伸ばしてくるかもしれねえ」

「ど、どういうことだい！」

朴念が、声を上げた。

「何が狙いか、おれにも分からねえ」

「何者かが、殺し人の縄張《シマ》を狙って仕掛けてきたのではないのか」

平兵衛が訊いた。

「それなら、まず、元締めのおれや殺し人の命を狙うんじゃァねえかな。……肝煎屋の手先から手をかけるはずはねえぜ」

「それもそうだ」

平兵衛も、なぜ肝煎屋を狙うのか分からなかった。

「いずれにしろ、このまま見ているわけにはいかねえ」

島蔵が男たちを見渡しながら語気を強くして言った。

「こうなったら、極楽屋の者が総出でやるしかねえ。そう思って、殺し人の旦那たちにも集まってもらったわけだ」

平兵衛をはじめ、その場に集まっていた男たちは、戸惑うような顔をして口をつぐんでいた。相手はむろんのこと、狙われる理由も分からないのだ。

「依頼人は、肝煎屋とおれだ」

島蔵は懐から財布を取り出した。分厚い財布である。

「おれの手元と店にあった金を掻き集めてきたんだが、八十両ほどしかなかった。……肝煎屋から殺し料をもらったら、そいつも分けるが、いまはこれで手を打ってくれ」

島蔵が男たちに視線をまわして言った。

「おれは、やるぜ」

すぐに、嘉吉が声を大きくして言った。

「おれも、やろう」

朴念がつづいた。

すると、これまで男たちのやり取りを黙って聞いていた右京が、

「安田さん、どうしますか」

と、小声で平兵衛に訊いた。

右京は白皙《はくせき》で端整な顔立ちをしていたが、いつも憂いをふくんだような表情を浮かべていた。殺し人として、生きているせいもあるのだろう。

右京は平兵衛のことを、人前では安田さんと呼んでいるが、ふたりだけになると義父上《ちちうえ》と呼ぶ。

「やるしかあるまい。わしらが、狙われているようだからな」

まず、相手が何者なのか探らねばならない、と平兵衛は思った。相手によっては、殺し料はなくとも闘わねばならないだろう。

「わたしもやりますよ」

右京が言った。

「これで決まりだな。……今夜は、ゆっくり飲んでくれ」

そう言うと、島蔵はあらためて銚子をとった。

第二章　殺し人たち

1

「孫八、右手は使えるのか」

歩きながら、平兵衛が訊いた。

平兵衛と孫八は、浅草花川戸《はなかわど》町の大川端を歩いていた。

平兵衛は、袖無しに紺の軽衫《かるさん》姿で腰に長脇差を差していた。ふだんは無腰で歩くのだが、敵の襲撃に備えたのである。ただ、すこし背を丸めて歩く姿は、いかにも頼りなげな老爺だった。

「へい、だいぶ傷がふさがりやしたんで、匕首も遣えまさァ」

孫八が右手の袖を上げて前腕を見せた。まだ、晒は厚く巻いてある。

孫八と弥之助が襲われて十日経っていた。孫八は手引き人として動き始めていた。

「まだ、晒はとれないのか」

癒《い》えてきたにしては、晒が厚く巻いてある。

「旦那、この手には、ちょいとした仕掛けがしてあるんでさァ」

孫八が平兵衛に身を寄せて小声で言った。

「仕掛けだと?」

「へい、この晒のなかに鉄棒が何本か仕込んであるんで」

孫八によると、朴念から、どうせなら、その晒のなかに鉄棒を仕込んでおいたらどうだ、と言われたそうだ。

鉄棒を仕込んでおけば、刀や匕首を右腕で受けることができる。孫八のように右手で匕首を遣う者は踏み込んで敵の斬撃を右腕で受け、そのまま匕首をふるえるので様々な攻撃ができるという。

「いいかもしれんな」

平兵衛が言った。手甲鈎を遣う朴念ならではの思いつきである。

「この手で、あっしと弥之助を襲ったふたりを仕留めねえと、死んだ弥之助に顔向けできねえんでさァ」

孫八が思いつめたような顔をして言った。孫八にすれば、弥之助を見殺しにしたという思いがあるのだろう。

「そのためにも、ふたりの正体をつかまねばな」

そんなやりとりをしながら、平兵衛たちは大川端を歩いていた。ふたりは、浅草花川戸町に住む利根造《とねぞう》という男に会いにきたのである。

利根造は還暦ちかい老齢だが、若いころから長く浅草寺界隈を縄張りにしていた地まわりだった。十年ほど前、利根造が遊び人の恨みを買って命を狙われたとき、島蔵が間に入ってうまく始末してやった。その後、利根造は極楽屋にときおり顔を出すようになり、孫八も利根造を知っていた。ただ、ちかごろは、歳のせいもあって極楽屋に姿を見せていなかった。

島蔵が、浅草界隈のことを訊くなら利根造がいいだろう、と孫八に話し、平兵衛とふたりで足を運んできたのだ。

平兵衛が孫八といっしょに来たのは、孫八がふたり組に襲われる恐れがあるとみたからである。

「たしか、この辺りだったな」

孫八が、通り沿いにつづく店屋に目をやりながら言った。

大川端の道は、けっこう人通りが多かった。浅草寺や吉原《よしわら》が近いこともあって、参詣客や遊山客が行き交っている。

「あの下駄屋の先だったな」

孫八が通りの先の下駄屋を指差して言った。

見ると、半町ほど先に下駄屋があった。店先の台に、色とりどりの鼻緒の下駄が並んでいた。駒下駄、ぽっくり、東《あずま》下駄などであろうか。町娘がふたり、下駄を手にして店のあるじらしい男と話していた。

「旦那、下駄屋の二軒先ですぜ」

孫八が言った。

二軒先に、暖簾《のれん》の下がったそば屋らしい小体《こてい》な店があった。

「お富《とみ》という女房とふたりで、やってるはずでさァ」

孫八によると、三年ほど前、島蔵と浅草寺に来た帰りに、店に立ち寄ったことがあるという。

そば屋の前に立つと、店のなかからくぐもったような男の声が聞こえた。客がいるようだ。

平兵衛と孫八は、暖簾をくぐった。土間の先に小上がりがあり、男がふたりそばをたぐっていた。ふたりは半纏と股引姿だった。大工か左官といった感じである。利根造らしい男の姿はなかった。奥で水音と瀬戸物の触れ合うような音がするので、洗い物でもしているのかもしれない。

「だれか、いねえかい」

孫八が奥に声をかけた。

すると、小上がりの脇の狭い戸口から、でっぷりと太った男が姿を見せた。そこが、板場になっているらしい。姿を見せたのは、赤ら顔で妙に鼻の大きな男だった。年寄りらしく、鬢や髷は白髪混じりだった。

「いらっしゃい」

男は愛想笑いを浮かべ、腰をかがめて近付いてきた。平兵衛たちを客と思ったようだ。

「とっつァん、おれだよ。深川の孫八だよ」

孫八は、極楽屋も島蔵の名も出さなかった。殺し人のことが、ばれないように気を使ったようだ。この男が、利根造らしい。

「おお、孫八さんか」

男が目を細めて言った。

「そばと酒を頼みてえんだが、奥を使わせてもらってもいいかい」

孫八は、小上がりの奥に客を入れる座敷があることを知っていた。島蔵と来たときに使ったのだろう。

「入ってくれ。そちらの旦那もいっしょかい」

利根造が平兵衛に目をむけて訊いた。顔に警戒するような色があった。腰に刀を帯びていたので、武士と思ったのかもしれない。

「ああ、浅草寺に来た帰りだ」

平兵衛は、のんびりした口調で言った。たいした用ではないと、利根造に思わせようとしたのだ。

「すぐに、酒とそばを用意しやすよ」

利根造は、平兵衛たちを小上がりの奥にある小座敷に案内した。

酒と肴《さかな》がとどき、平兵衛と孫八が喉を潤すと、

「ちと、とっつァんに訊きてえことがあってな」

と、孫八が切り出した。

「なんだい」

利根造の顔から愛想笑いが消え、孫八にむけられた目に心底を探るような色が浮いた。老いてはいたが、地まわりらしい凄みが垣間《かいま》見えた。

「柳橋で、一吉の包丁人と若い衆が、殺られたのを知ってるかい」

孫八が小声で言った。

「噂は聞いてるぜ」

「極楽屋の弥之助とおれが襲われ、弥之助が殺られちまったんだが、その話も聞いてるかい」

「いや、知らねえ」

利根造が驚いたような顔をした。

「襲ったのは、ふたりでな。一吉の忠造たちを殺ったのと、同じやつらなんだ。……ふたりとも素人じゃァねえ」

孫八は、武士と町人の体軀《たいく》や身装《みなり》などを話し、

「とっつァん、何か心当たりはねえかい」

と、声をあらためて訊いた。

平兵衛は黙っていた。この場は、孫八にまかせようと思ったのだ。

「知らねえなァ」

利根造は首をひねった。

「町人の方だがな。すばしっこくて、匕首を遣うのがうめえ。……ただの遊び人や博奕打ちじゃァねえ。殺し慣れてるやつだ」

孫八は、あらためて町人のことを訊いた。利根造なら、武士はともかく町人は知っているような気がしたのだ。

「鳶常《とびつね》かな……」

利根造がつぶやくような声で言った。

「なんだい、鳶常ってえのは？」

「鳶をしていた常造《つねぞう》ってえ男でな。すばしっこくて、匕首を遣うのがうめえ。……でもよ、ちかごろ噂を聞いてねえな」

「そいつのことを話してくれ」

「塒《ねぐら》は田原《たわら》町だと聞いたが、はっきりしたことは分からねえ。鳶をやめた後、盗人をしてたらしいが、それも噂だけだ。……金ずくで、ひとを殺していたという噂もある」

「親分や元締めはいねえのか」

孫八が訊いた。

「ひとり働きだと聞いてるぜ」

「そいつの塒を知りてえんだがな。何か、たぐる手はねえかい」

孫八は、鳶常が忠造や孫八たちを襲った町人ではないかと思った。

「そうだなァ……」

利根造は首をひねっていたが、何か思い出したらしく、孫八に顔をむけて言った。

「情婦《いろ》がいたな」

「名は分かるかい」

「おあきだったかな。……たしか、小料理屋の女将《おかみ》をやってたはずだぜ」

利根造によると、浅草寺の門前近くにある「つるや」という小料理屋だという。ただ、いまもおあきがつるやにいるかどうかは分からないそうだ。

「とっつァん、よく知ってるじゃァねえか」

孫八は、利根造が小料理屋や女将の名まで知っているとは思わなかったのだ。

「なに、一度店に立ち寄ったことがあるのよ。……三年も前《めえ》のことだがな」

利根造が照れたような顔をして言った。

「常造の尻尾がつかめそうだな」

孫八は、それだけ分かれば、鳶常の正体が知れるのではないかと思った。

それから、孫八と平兵衛は武士のことも訊いたが、利根造はまったく知らないようだった。

平兵衛たちは半刻（一時間）ほど酒を飲み、そばで腹ごしらえしてからそば屋を出た。

「旦那、つるやを探してみやすかい」

孫八が、大川端を歩きながら言った。

「そうだな。店だけでも見てみるか」

そう言って、平兵衛は上空に目をやった。陽は西の空にまわっていたが、日射しは強かった。八ツ半（午後三時）ごろではあるまいか。

つるやは、すぐに分かった。浅草寺の雷門から半町ほど西にいった広小路沿いにあった。店の近所で聞き込んでみたが、常造という男のことはまったく分からなかった。店の女将も、おあきではなくお勝《かつ》という四十がらみの女だという。二年ほど前に、女将はおあきからお勝に替わったようだ。結局、おあきの居所も分からなかった。

「なに、あっしが嗅《か》ぎ出しやすよ」

孫八が、両国の方にむかって歩きながら言った。ふたりは、このままそれぞれの塒に帰るつもりだった。

「どう捜すのだ」

平兵衛が訊いた。

「とりあえず、お勝と店の常連客にあたってみやすよ。常造のことを知っているやつがいるかもしれねえ」

孫八が虚空《こくう》を睨むように見すえて言った。孫八は、弥之助の敵《かたき》を討ちたいという強い思いがあるようだ。

2

吉左衛門は、一吉の店先にかかっている暖簾の間から表通りに目をやった。

……あの男がいる！

吉左衛門は、一吉の斜向《はすむ》かいにある小料理屋の脇に立っている男を目にとめた。そこは暗がりで、男の姿ははっきり見えなかったが、その体付きから一昨日《おととい》見かけた男であることが分かった。

一昨日の夜、吉左衛門は客を送り出したおり、小料理屋の脇の闇のなかに人影があるのを目にとめた。闇に溶ける黒半纏と紺股引姿の男だった。おそらく、常人の目には見えなかっただろう。長い間、盗人として闇のなかで生きてきた吉左衛門だからこそ見えたのである。

男は暗がりで凝《じっ》としていた。一吉の店先に目をむけているらしい。

……おれを見張っているようだ！

と、吉左衛門は察知した。

狙いは、吉左衛門の命であろう。忠造と平助を殺した男かどうか分からなかったが、本人か一味の者とみていい。

吉左衛門は外には出ず、そのまま店にもどった。帳場に膝を折り、どうすればいいか思案した。

何者か分からないが、吉左衛門が店から出るのを待っているにちがいない。忠造や平助と同じように、人気のないところで襲って殺すためであろう。

迂闊《うかつ》に外へ出られない。だが、店に籠《こも》っていても、襲われるのではあるまいか。

……ちかいうちに、押し入ってくる。

と、吉左衛門はみた。

おそらく、日中や店に客がいるうちは仕掛けてこないだろう。だが、客が帰った後の夜更けや明け方、押し入ってくるかもしれない。店に残っているのは、住み込みの女中がふたり、それに若い衆がひとりだけである。裏戸をこじあけて押し入れば、難なく吉左衛門を仕留められる。忠造たちを殺した連中は、客が店を出ると店内が手薄になることもつかんでいるだろう。

吉左衛門は、暗がりにひそんでいる男の気配から盗人かもしれないと思った。身動きせず闇のなかに凝《じっ》とひそんでいた男には、闇のなかで生きている盗人特有の陰湿さと辛抱強さがあった。

盗人が仲間にいるなら、まちがいなく夜中に仕掛けてくる、と吉左衛門は思った。

その夜、吉左衛門は女中と若い衆が寝込んだのを見計らい、そっと寝間から抜け出し、納戸にしまってある客用の座布団のなかにもぐり込んで眠った。夜中に、襲撃されても見つからない場所に隠れたのである。

その夜、襲撃はなかった。

吉左衛門は朝餉を終えると、戸口の脇から外を覗いた。小料理屋の陰に人影はなかった。おそらく、昨夜のうちに見張りをやめたのだろう。

吉左衛門は店にあった金を掻き集めて懐に入れると、裏口から出て深川へ足をむけた。このままでは、いつ命を落とすか分からなかった。島蔵に会い、手を貸してもらうつもりだった。

吉左衛門は、念のために人通りの多い道をたどって極楽屋にむかった。

島蔵は吉左衛門の姿を見ると、

「どうしたい、朝から」

と、驚いたような顔をして訊いた。

「頼みがあってな。奥で、話せるかい」

吉左衛門は、奥の小座敷で相談しようと思った。

島蔵は酒を飲むか訊いたが、吉左衛門は断った。とても、酒など飲む気になれなかったのである。

吉左衛門は嘉吉が淹れてくれた茶をすすった後、

「おめえさんに、手を貸してもらいてえ」

と、けわしい顔をして切り出した。

「何かあったのか？」

「あるなら、これからだ」

吉左衛門は、一吉を見張っている男がいることを話し、

「おれが、店から出るのを待っているようだ」

と、言い足した。

「おめえの命を狙っているのか。……そいつを見たのだな」

島蔵が身を乗り出すようにして訊いた。

「見た。おれは、盗人じゃァねえかとみてるんだ。それも、年季の入ったな」

「盗人だと？！」

「はっきりしねえが、そんな気がする」

「そいつに、見覚えはねえのか」

島蔵は、吉左衛門が盗人だったのを知っていたので、そう訊いたのである。

「覚えはねえ。それに、おれはずいぶん前《めえ》に足を洗っているからな」

「おめえの手先や孫八たちを襲ったふたりは、盗人なのか……」

島蔵は信じられないらしく首をひねっていたが、

「匕首を遣った町人は盗人かもしれねえが、二本差しは盗人じゃァねえな。孫八から聞いただけだが、盗人らしくねえぞ」

と、声を大きくして言った。

「相手は何人か分からねえが、一味に盗人もいるということだな」

吉左衛門が言った。

「いずれにしろ、おめえは店から出られねえわけか」

島蔵が湯飲みを手にしたまま訊いた。

「それが、店にもいられねえんだ」

「どういうことだ?」

「一味のなかに盗人がいるとすれば、店から客が出て店の者が寝込んだ後、押し入ってくるはずだ。……盗人なら、店に寝泊まりしている者も探っているからな」

「おめえが言うなら、まちがいねえだろう」

そう言って、島蔵は冷めた茶をすすった。

「それで、頼みがあるんだ」

吉左衛門が、声をあらためて言った。

「腕のたつ殺し人を何人か店に寄越してもらえねえかな。店に寝泊まりしてもらいてえんだ。そう長い間じゃァねえ」

「用心棒か」

「まァ、そうだ」

「いま、殺し人と手引き人は総出で、おめえの手先や孫八たちを襲ったふたりを探っている。……おれの方も、弥之助を殺られてるからな。のんびり構えちゃァいられねえんだ」

島蔵が大きな目で吉左衛門を見ながら言った。

「おれの方は、夜だけでいい。……それに、用心棒代は用意した」

そう言うと、吉左衛門は懐から財布を取り出した。

「一晩、ひとり五両。酒付きでどうだ」

吉左衛門が声を大きくして言った。

「分かった。世話になっているおめえの頼みだ。なんとか、手を打つぜ」

島蔵は、一晩泊まるだけで五両なら悪くないと思った。手が足りなければ、おれが行ってもいい、と胸の内でつぶやいた。

3

「まァ、飲んでくれ」

朴念が、銚子を手にして言った。

「すまんな」

平兵衛は杯を手にして酒をついでもらった。

一吉の二階の奥の小座敷だった。ふたりがいるのは、女連れの客や馴染みの客が静かに飲みたいときに利用する座敷である。

ふたりは、吉左衛門の依頼で夜だけ用心棒として一吉に来ていたのだ。

「悪くない仕事だな。一晩飲んで寝るだけで、五両だ」

朴念が赤い顔に薄笑いを浮かべて言った。あまり飲んでいないが、顔が茹蛸《ゆでだこ》のように赤くなっている。

「何もなければな」

平兵衛は島蔵から話を聞いたとき、ちかいうちに一吉に孫八たちを襲った一味が、押し入ってくるのではないかと思った。

ふたりだけなら平兵衛と朴念で何とかなるが、何人もで踏み込んでくるかもしれない。一吉に来て、あらためて吉左衛門から話を聞くと、一吉の店先を見張っていたのは、盗人らしいという。盗人なら、他に仲間がいるのではないかとみたのである。

「安田の旦那は、孫八たちを襲った一味が、押し入ってくるとみているのか」

朴念が顔の笑いを消して訊いた。

朴念の出自は百姓だが、手甲鈎を指南してもらった武芸者に従って旅をしていたこともあって、武家らしい物言いをすることがあった。

「ちかいうちに来るな」

平兵衛が低い声で言った。

「やはり、来るか。……うかうか、酔ってるわけにはいかないな」

朴念が顔をひきしめた。

「なに、いつ来るか分からぬ相手を待つのだ。……そう気を使うこともあるまい」

平兵衛は銚子を手にして、まァ、飲め、と言って、朴念の杯に酒をついでやった。

いずれにしろ、長丁場になるだろう。油断をせずに、警戒心を持続させねばならない。そのためには、適度に気を抜くことも大事である。

「安田の旦那がいっしょなら、大船に乗ったつもりでいられるな」

そう言って、朴念が大きな顎《あご》を突き出すようにして杯をかたむけた。

平兵衛は老いてはいたが、金剛流《こんごうりゅう》の達者だった。金剛流は、富田流《とだりゅう》小太刀の流れをくむ一派で、小太刀から剣、槍、薙刀《なぎなた》まで指南している。

それに、平兵衛はこれまでも殺し人として多くのひとを斬り、江戸の闇世界で人斬り平兵衛と恐れられた男だった。

その夜は、何事もなかった。翌朝、平兵衛と朴念は、一吉の包丁人や通いの女中たちと入れ替わるように店を出た。また、夜になってから、客たちが帰るころを見計って裏戸から店に入るのである。

平兵衛と朴念が、一吉に泊まるようになって四日目だった。その夜、風が強く、客の多くはふだんより早目に店を出た。

子《ね》ノ刻（午前零時）ごろであろうか。平兵衛は二階の小座敷で横になっていたが、風音のなかに戸をたたくような音を聞いて身を起こし、傍《かたわ》らに置いてあった愛刀の来国光《らいくにみつ》を手にした。

来国光は身幅のひろい剛刀だった。刀身の長さは一尺九寸。定寸より、三、四寸短かった。小太刀の動きをとりいれるため、平兵衛自身で刀身を截断して短くしたのだ。平兵衛は、殺し人として刀をふるわねばならないときに来国光を持参することが多かった。

裏手で、かすかに足音も聞こえた。ふたりではなかった。三、四人いるようだ。

……来たな！

平兵衛は、すぐに来国光を腰に帯びた。

そのとき、平兵衛の手が震えだした。体も小刻みに顫《ふる》えている。いつもそうだった。平兵衛は真剣勝負を意識すると、手が震え出すのだ。真剣で斬り合う恐怖と気の昂《たかぶ》りのせいである。

「おれには、これがある」

平兵衛は座敷の隅に置いてあった銚子を手にすると、ゴクゴクと喉を鳴らして飲んだ。念のために、酒を用意しておいたのである。

平兵衛はたてつづけに三本飲み、大きくひとつ息を吐いた。

いっときすると、平兵衛の全身に酒気がまわり、硬くなっていた体がゆったりとなり、手の震えがとまった。酒気が真剣勝負の恐怖と異常な気の昂りを霧散《むさん》させてくれたのだ。

「朴念、起きろ！」

平兵衛は、傍らに眠っている朴念を揺り動かした。豪胆なのか、呑気《のんき》な性分なのか分からないが、朴念は平兵衛が座敷で動いていても目を覚まさなかった。

ガバッ、と朴念が跳ね起きた。

「き、来たか！」

「三、四人いるぞ。裏手から入ってくる」

そのとき、裏口の方で、バキッという板を刃物でたたき割るような音がした。背戸を刃物でたたき割ったらしい。

「入ってくるぞ」

「よし！」

朴念は、部屋の隅に置いてあった革袋から手甲鈎を取り出すと、いそいで右手に嵌めた。狭い家のなかでは、刀や脇差より威力を発揮するはずである。

「朴念、階段のそばにいてくれ」

ふたりは階段のそばに身を伏し、上がってくる者を襲って斃《たお》す策をたてていたのである。

「承知！」

朴念が廊下に飛び出した。

つづいて、廊下に出た平兵衛は、二階の隅の座敷で寝ている吉左衛門のところに走った。一味が押し入ってきたら、念のために吉左衛門は納屋に身を隠す手筈《てはず》になっていたのだ。平兵衛は吉左衛門に納屋に身を隠すように指示すると、すぐに階段のそばに走り寄った。一階の廊下で、数人の足音が聞こえた。風音にまぎれ、そう思って聞かなければ、足音とは思わないかもしれない。

足音は階段の方へ近付いてくる。

階段の下に明かりが見えた。一方だけ照らしている。龕灯《がんどう》らしい。龕灯は銅やブリキなどで釣鐘形の外枠をつくり、なかに蠟燭《ろうそく》をたてて一方だけを照らすようにした懐中電灯のような照明具である。

……やはり、盗人がいるようだ。

と、平兵衛は思った。

龕灯は強盗提灯《ぢようちん》とも呼ばれ、盗賊や町方が押し込みや捕物のおりに使うことが多かった。

押し入ってきた者たちの足音は、階下でとまった。階段の手摺《てすり》の間から覗くと、何人かの黒い人影が見えた。なかには抜き身を引っ提《さ》げている者がいて、龕灯の灯を映じてにぶくひかっている。

4

ミシ、ミシ、と階段を踏む音がした。龕灯の丸い明かりが、階段を照らしながら這い上がってくる。

「来るぞ!」

平兵衛が声を殺して言った。

朴念が目を剝き、階段の上がり口に身を寄せて身構えた。まず、朴念が上がってくる先頭の者を手甲鈎で殴りつけることになっていた。朴念のふたつの目が、闇のなかで白く浮き上がったように見えた。

ひとり、ふたりと、足音を忍ばせて階段を上がってくる。平兵衛たちが上で待ち構えていることに気付いてないようだ。

……四人だ！

平兵衛は、足音から四人だと察知した。それぞれが、すこし間を置いて階段を上がってくるらしい。

先頭の男が近付いてきた。龕灯が先頭の男を下から照らし、長い影が二階の天井まで伸びている。

町人体だった。茶の腰切半纏に黒股引、黒布で頬っかむりしている。盗人のような扮装だった。手に匕首を持っている。

朴念は右手を後ろに引いて、殴りつける体勢をとった。

先頭の男は上がり口まで来ると、足をとめ、廊下を覗くように首を伸ばした。

と、朴念が腰を上げざま、手甲鈎をふるった。

ゴン、というにぶい音がし、男の顔が横に吹っ飛んだように見えた。朴念の一撃が、男の側頭部を殴りつけたのだ。

男の姿が掻き消えた次の瞬間、階段を転げ落ちる激しい音がし、ギャッ！　という絶叫がひびいた。階段から落ちたのは、ふたりらしかった。先頭の男が転げ落ち、二番手の男にぶち当たり、ふたりが折り重なるようになって落ちたようだ。

階下で龕灯の明かりが激しく揺れ、呻き声と怒声が聞こえた。

「上に、だれかいやがった!」

ひとりが叫んだ。

「おれが行く」

別の男が声を上げた。武士らしい。

階段を上がってくる足音がした。龕灯の灯のなかに浮かび上がった黒い人影が階段に伸びてくる。

「わしがやる」

平兵衛は声を殺して言い、階段のそばに身をかがめた。来国光を低い八相《はっそう》に構えている。横に払って、階段を上ってくる者を仕留めようとしたのだ。

人影がしだいに近付いてきた。男の手にした刀の切っ先が見えた。龕灯の灯を反射《はね》て、赤くひかっている。

……こやつ、できる!

と、平兵衛は察知した。

上がってくる男のはなつ殺気を感知したのだ。それに、階段に伸びた人影が、まったく揺れていなかった。低く構えた男の腰が据わっているからである。

……あと、一段！

平兵衛は、男が階段を一段上がれば、横に払う切っ先が頭部をとらえることができるとみた。

とそのとき、ふいに人影の動きがとまった。

次の瞬間、ヤッ！　という短い気合とともに、刀の切っ先が平兵衛の顔前に突き出された。咄嗟に平兵衛は身を引いて、その切っ先をかわした。

刹那《せつな》、スッと人影が伸び、男の上半身が階段から出た。しかも、男は身構えて切っ先を平兵衛にむけている。一瞬の動きである。

平兵衛は立ち上がり、すばやく切っ先を男にむけた。

男は牢人体だった。総髪で、痩せていた。三十がらみであろうか。目が細く、うすい唇をしていた。その目が、龕灯の灯を下から受けて切っ先のようにひかっている。

……孫八たちを襲った武士ではない！

平兵衛が孫八から聞いていた武士とは、体軀も風貌もまるでちがっていた。初めて見る男である。

牢人は平兵衛に切っ先をむけたまま、ゆっくりと階段を上がった。その動きに、隙《すき》がみえなかった。

朴念は廊下の隅に身を寄せ、手甲鈎を前に突き出すように構えている。次に上がってくる者を襲うつもりなのだ。

牢人は平兵衛と対峙《たいじ》すると、

「おぬしが、人斬り平兵衛か」

と、くぐもった声で訊いた。どうやら、平兵衛のことを知っているようだ。

「そのような者は、知らぬな」

平兵衛は、青眼《せいがん》に構えたまま、

「おぬし、何者だ」

と、誰何《すいか》した。

「おれか、名を捨てた男だ」

牢人は青眼から刀身を下げ、平兵衛の下腹あたりに切っ先をむけた。下段にちかい構えである。

平兵衛は青眼から刀身を上げて左肩に担ぐように構えた。逆八相といえばいいだろうか。変わった構えである。

平兵衛には「虎の爪《とらのつめ》」と称する必殺剣があった。平兵衛が、実戦をとおして身につけた一撃必殺の剣である。

虎の爪は、逆八相に構え、そのまま敵の正面に鋭く身を寄せる。一気に間合をつめられた敵は退《ひ》いて間合をとるか、あいている平兵衛の面に斬り込んでくるかである。退けば、さらに踏み込み、面に斬り込んでくれば、逆八相の構えから刀身を撥《は》ね上げて敵の斬撃をかわして袈裟に斬り落とす。

敵の左肩をとらえた刀身は、鎖骨と肋骨を截断するほど深く食い込む。その傷口から、截断された鎖骨や肋骨が猛獣の爪のように見える。そのことから、虎の爪と呼ばれているのだ。

牢人の顔に驚きの色が浮いた。平兵衛の構えが異様に見えたのであろう。だが、すぐにそれは消え、表情のない顔にもどった。胸の内の動揺を静めたのである。

平兵衛と牢人の間合は、三間ほどしかなかった。廊下は短く、間合をひろくとれなかったのだ。

……虎の爪に利がない！

と、平兵衛は察知した。

虎の爪の威力は、遠間《とおま》から一気に間合をつめ、敵の構えをくずすところにあった。三間ほどの間合では、一気の寄り身で敵の構えをくずすことができない。

つつッ、と摺《す》り足で、平兵衛は下がった。すこしでも、間合をひろくとろうとしたのである。

だが、平兵衛が身を引くのに合わせて、牢人も間合をつめてきた。三間ほどの間合はまったく変わらなかった。そればかりか、牢人は身を寄せながら全身に気勢を込め、斬撃の気配を高めてきたのである。

牢人の切っ先は、平兵衛の下腹につけられていた。切っ先に、そのまま突いてくるような威圧感があった。多くの真剣勝負の修羅場をくぐってきた者特有の凄みさえある。

平兵衛は牢人に押されていた。虎の爪を仕掛けることができない。

牢人は趾《あしゆび》を這うようにさせて、ジリジリと間合をせばめてきた。

……このままでは、やられる！

平兵衛は感知し、近間《ちかま》から虎の爪を仕掛けようと思った。

そのときだった。

ヤアッ！

という朴念の気合につづいて、甲高い金属音がひびいた。次の瞬間、絶叫とともに階段を転げ落ちる激しい音が聞こえた。

牢人につづいて階段を上がってきた者が、朴念の手甲鈎の一撃を受けて、階段から落ちたらしい。ただ、刀身で手甲鉤を受けたような金属音が聞こえたので、体を殴られたのではないようだ。

龕灯の明かりが消え、階段付近が闇につつまれた。龕灯を手にした者も、階段から落ちたのかもしれない。

ただ、漆黒の闇ではなかった。廊下の隅の掛行灯に火があり、仄《ほの》かなひかりが廊下に残っていたのである。

牢人がすばやく後じさった。視界のとざされた狭い廊下での立ち合いを避けようとしたらしい。

「旦那！　引いてくれ」

階下から、男の怒鳴り声が聞こえた。

すると、牢人はさらに身を引き、

「平兵衛、この勝負、あずけたぞ」

と言い残し、階段の脇にいた朴念に目を配りながら階段を下りていった。

平兵衛は階段のそばにもどったが、そこで足をとめた。このまま後を追って牢人と立ち合うことになれば、斃《たお》されるのは平兵衛であろう。

「やつら、逃げるぞ」

朴念が平兵衛のそばに来て言った。

階下の廊下で、裏手に向かう数人の足音がした。かすかに、呻き声も聞こえた。朴念の一撃を受けた者が洩らしているらしい。

「追い返しただけで、よしとせねばならんな」

平兵衛が、顔をこわばらせて言った。

5

「安田の旦那、四人もいたんですかい」

孫八が驚いたような顔をして訊いた。

平兵衛と朴念が、一吉に押し入ってきた一味と闘った三日後だった。平兵衛は孫八とふたりで、浅草諏訪《すわ》町の路地を歩いていた。

そこは大川端の道につづく路地で、前方の家並の先に大川の川面が見えた。春の陽差しを浴びた川面が、金箔《きんぱく》を流したようにかがやいている。そのひかりのなかを猪牙舟がゆっくりと行き交っていた。のどかな大川の春の光景である。

「そうだ。腕のたつ牢人もいた」

平兵衛は二階で切っ先を合わせた牢人の風貌や体軀を話し、

「朴念がいなかったら、あやうく命を落とすところだった」

と、言い添えた。平兵衛は、朴念に助けられたと思っていた。

「四人とも、逃げたんですかい」

「朴念に頭を殴られた者もいるがな。……仲間が連れて逃げたのではないかな」

押し入ってきた一味が逃げた後、平兵衛は朴念とともに階下に下りてみた。

ひとりも、残っていなかった。階段下の板敷きの間から裏手につづく廊下に血の痕がつづいていた。引き摺ったような痕もあったので、仲間が深手を負った者を連れて出たのではないかとみていた。

「それにしても、やつら、何者《なにもん》ですかね。盗人らしいのもいるし、殺し人もいる」

孫八が首をひねった。

「分からんが、一吉と何かかかわりがあることはまちがいないな」

一味は、一吉を執拗《しつよう》に狙っているように思えた。それも、吉左衛門をはじめとする肝煎屋として殺しにかかわっている者ばかりである。

「それで、今夜も一吉にだれか行ってるんですかい」

孫八が訊いた。

「朴念と右京だ」

平兵衛は、右京にも一吉に行ってもらうことにしたのだ。

平兵衛は一味の正体をつかまなければ、始末がつかないとみていた。それで、孫八とふたりで、まず常造の行方をつかみ、孫八たちを襲ったひとりかどうかはっきりさせようと思ったのだ。

それに、一味はしばらく一吉に押し入ることをやめ、別な手を考えるのではないかとみていた。殺し人の何人かが一吉に寝泊まりしていることを知った以上、一吉に押し入っても吉左衛門を始末するのはむずかしいとみるだろう。

「ともかく、早く敵の正体をつかまねばな。肝煎屋だけでなく、わしたちもいつ命を狙われるか分からんからな」

「いってえ、やつらの頭はだれなんだ」

孫八が首をひねった。

「分からん。早く、それをつきとめねばな」

平兵衛がつぶやくような声で言った。

「ところで、常造ですがね。おあきとは、別れちまったようですぜ」

孫八が探ったことによると、おあきは常造と別れ、いまは長屋で母親とふたりで住んでいるという。

「そうか」

すでに、平兵衛は孫八から、つるやの女将のお勝や常連客にあたって話を聞き、おあきの居所が知れたことは聞いていた。おあきは、諏訪町の益蔵店《ますぞうだな》という長屋に住んでいるそうである。

孫八から話を聞いた平兵衛は、おあきにあたってみようと思い、孫八とふたりで諏訪町に来ていたのだ。

「益蔵店は、この近くかな」

平兵衛が歩きながら訊いた。

「お勝は、この辺りの米屋の脇だと言ってたんですがね」

そう言いながら、孫八は路地に目をやった。

そこは、八百屋、魚屋、煮染屋などの小店や表長屋などがごてごてとつづく裏路地で、長屋住まいらしい者が目についた。

「孫八、あの店ではないか」

平兵衛が指差した。

十軒ほど先に、舂米屋《つきごめや》らしい店があった。店のなかに、唐臼《からうす》が見えた。その店の脇に、長屋につづく路地木戸がある。

「あれだ、あれだ」

孫八が、すこし足を速めた。

路地木戸をくぐると、長屋の井戸があり、女房らしき女がふたり、立ち話をしていた。ふたりとも手桶を持っているので、水汲《く》みに来てひっかかったらしい。

「ちょいと、すまねえ」

孫八が、でっぷり太った女に声をかけた。

「なんだい」

女が、平兵衛と孫八に訝しそうな目をむけた。ふたりとも、近所で見かけない顔だったからであろう。

「おあきさんの家は、どこだい。なに、おあきさんに、世話になったことがあってな。近くを通りかかったので、寄ってみたのよ」

孫八が愛想笑いを浮かべながら言った。

ふたりの女は不審そうな目をしていたが、

「その棟のとっつきから二つ目の家だよ」

と、でっぷり太った女が指差しながら教えてくれた。

「手間をとらせたな」

そう言い置き、孫八と平兵衛は井戸端の前にあった棟に足をむけた。

「この家だな」

孫八が小声で言った。

教えられた家の戸口の腰高障子はしまっていたが、家のなかから女の話し声が聞こえた。おあきはいるようだ。

「ごめんよ」

孫八が腰高障子をあけた。

土間の隅の流し場にいた女が、入ってきた孫八と平兵衛を見て、顔をこわばらせた。怯《おび》えたような顔をしている。年増で、ひどく痩せていた。

座敷には枕屏風《びょうぶ》がたててあり、その向こうに夜具が敷いてあった。だれか、寝ているらしい。おあきの母親だろう。病なのかもしれない。

「おあきさんかな」

平兵衛がおだやかな声で訊いた。口許に笑みを浮かべた顔は、好々爺《こうこうや》のようである。

「は、はい……」

おあきの表情が、いくぶんなごんだ。平兵衛の物言いを聞いて、安心したのかもしれない。

「訊きたいことがあってな。なに、おあきさんに、迷惑のかかることではないのだ。つるやにいたころのお客さんのことなのだよ。……わしのな、知り合いが、つるやを贔屓《ひいき》にしてたらしいんだ」

平兵衛が親しげな口調で言った。

「…………」

おあきは不審そうな顔をして、首をひねった。思い当たることがないのだろう。

「おあきさん、外で話を聞かせてもらおうかね」

平兵衛が、枕屛風に目をやりながら言った。おあきも、母親の前で常造のことは話したくないだろうと思ったのだ。

「は、はい」

おあきは、平兵衛たちにつづいて外に出た。

腰高障子からすこし離れたところまで来て、

「常造を知ってるな」

孫八が小声で訊いた。

「はい……」

おあきの顔が、急にこわばった。不安と憎悪の入り交じったような表情を浮かべている。

「いま、どこにいるか知ってるかい」

「親分さんですか」

おあきが、怯えるような目で孫八を見ながら訊いた。

「そうじゃァねえが、ちょいとした揉《も》め事があってな。常造を捜しているのよ。なに、おめえさんに迷惑はかけねえから、安心してくんな」

孫八が、すこし声をやわらげて言った。

平兵衛は黙っていた。この場は、孫八にまかせようと思ったのだ。相手から聞き出すのは、手引き人の孫八の方が上である。

「あたし、常造さんが、いまどこにいるか知らないんです」

おあきが細い声で言った。

「常造は独り者かい」

「あたしを捨てて、料理屋の女《ひと》とくっついたんです」

おあきが、憎悪の色を浮かべて言った。

「なんてえ、女だい」

「お浜《はま》という名です」

「お浜な。……常造は、お浜といっしょにいるんじゃァねえのか」

「……」

おあきは、顔をしかめたままうなずいた。

「どこに、いるんだい」

孫八が、あらためて訊いた。

「阿部川《あべかわ》町の借家だと聞いたけど、どの辺りなのか知らないんです」

「阿部川町な」

浅草阿部川町は、新堀《しんぼり》川の西にひろがる町である。

孫八は、それだけ分かれば、なんとかつきとめられるのではないかと思った。

孫八が口をつぐんだところで、

「ところで、常造だが、武士と連れ立ってつるやに来たことはないかな」

と、平兵衛が訊いた。

「来ましたよ。ご牢人と……」

おあきが言った。

「牢人な。……総髪で、痩せた男ではないかな。見たところ三十がらみで、細い目をしている」

　平兵衛は、一吉で立ち合った牢人のことを口にしてみた。

「その男《ひと》です」

「名を知っているかな」

「篠塚《しのづか》さまと、聞きましたけど……」

　おあきは、首をひねった。自信がないのかもしれない。

「篠塚な」

　平兵衛は、篠塚の名に覚えがなかった。

　それから、孫八と平兵衛は、もうひとりの大柄な武士のことも訊いてみたが、おあきは知らないようだった。

「邪魔したな」

　孫八がおあきに声をかけ、平兵衛とふたりでその場を離れた。

6

平兵衛は猪口で島蔵のつぐ酒を受けながら、

「牢人の名が知れたよ」

と、つぶやいた。

極楽屋の店だった。平兵衛、島蔵、孫八、それに嘉吉もそばにいた。

平兵衛と孫八は、諏訪町からの帰りに極楽屋に立ち寄ったのである。平兵衛の場合は立ち寄ったというより、夕めしをすまそうと思い、足を運んできたといった方がいい。

「篠塚という名らしい」

平兵衛が猪口を手にしたまま言った。まだ、篠塚とはっきりしたわけではなかったが、島蔵が知っているかと思い、名を出したのである。

「篠塚……」

島蔵は記憶をたどるように虚空に目をとめていたが、何か思い出したのか、ひとつうなずくと、

「そいつは、死神かもしれねえ」

と、目をひからせて言った。

「死神だと」

思わず、平兵衛が声を上げた。

孫八と嘉吉も、驚いたような顔をして島蔵を見つめている。

「死神権十郎《ごんじゅうろう》と呼ばれた殺し人かもしれませんぜ。たしか、権十郎の姓は、篠塚だったはずだ」

島蔵が話したことによると、権十郎は金ずくで人を殺すおり、表情のない死神のような顔で刀をふるうことから、死神権十郎と呼ばれていたという。

「聞いたことがないな」

平兵衛も、長く殺し人として生きてきたが、死神権十郎の名は聞いていなかった。

「たしか、何年か前に品川《しながわ》あたりにいたと聞いた覚えがあるが……。おれも、噂を耳にしただけで、くわしいことは知らねえんだ」

島蔵が首をひねった。はっきりしたことは、分からないらしい。

「権十郎の元締めは？」

平兵衛が訊いた。権十郎が殺し人なら、島蔵のような元締めがいるはずである。平兵衛は、権十郎の元締めが一吉を襲った一味を束《たば》ねているのではないかと思った。

「それが、権十郎は流浪人《ながれもの》で、元締めはいねえと聞いている。それに、金ずくで殺しもやるが、ふだんは賭場《とば》の用心棒をやってるとの噂だったな」

「うむ……」

平兵衛は思案するように視線を落とした。

「権十郎が相手となると、厄介《やっかい》だな」

島蔵が渋い顔をして言った。

「いずれにしろ、常造や権十郎たちを束ねている者がいるはずだがな」

一吉に押し入ってきた者だけでも四人いた。一味の者たちを動かしている者がいるはずである。

「何とか、ひとりつかまえて吐かせやしょう」

孫八が、脇から口をはさんだ。

翌日、平兵衛と孫八は浅草阿部川町にむかった。常造の居所をつきとめるためである。阿部川町は、武家地と寺社地にかこまれた地である。浅草ではひろい町だった。

平兵衛たちは新堀川の川沿いの道をたどって阿部川町まで来ると、新堀川にかかるこし屋《や》橋のたもとで足をとめた。

その橋は、組合《くみあい》橋とも、こし屋橋とも呼ばれていた。こし屋橋とは妙な名だが、こし屋五郎兵衛《ごろべえ》なる者が橋際に住んでいたことから、そう呼ばれるようになったとか。

「どうだ、ここで分かれて別々に歩くか」

平兵衛が言った。阿部川町はひろいので、別々に歩いて聞き込んだ方が埒《らち》が明くとみたのである。

「一刻（二時間）ほどしたら、この橋のたもとにもどるとするか。そばでも食いながら、探ってきたことを話せばいい」

一刻ほどすると、九ツ（正午）ごろになるので、昼食《ちゆうじき》にはちょうどいいころだろう。

「承知しやした」

ふたりは、その場で分かれた。

平兵衛は新堀川沿いの道をすこし北に歩き、左手におれて町家のつづく路地に入った。路地沿いにある話の聞けそうな店屋に立ち寄って、まず近くにお浜という女の住んでいる借家がないか訊いた。平兵衛はおあきから、常造はお浜と借家に住んでいると聞いていたのである。

何軒か借家はあったが、お浜という女が住んでいる家はなかった。たまたま立ち寄った下駄屋の親爺が、名は知らねえが、遊び人ふうの男が女を囲っている家がありやす、と話したので、行ってみた。

借家らしい小体な家だったが、平兵衛は戸口から出てきた男を見て、常造ではない、とすぐに分かった。常造とはまるでちがう、小太りの赤ら顔の男だったのである。

平兵衛は何の収穫もなく、こし屋橋のたもとにもどった。まだ、孫八の姿はなかったので、たもとに立って孫八がもどるのを待った。

いっときすると、孫八が小走りにもどってきた。だいぶ、急いで来たとみえ、顔が紅潮し、額に汗が浮いていた。

「だ、旦那、それらしい家が見つかりやしたぜ」

孫八が息をはずませて言った。

「見つかったか」

「へい」

「遠いのか」

平兵衛は、遠ければ確かめるのは昼食の後にしようと思った。

「ここから、五、六町行った先でさァ」

「昼めしは、家を見てからにするか」
五、六町なら、すぐである。
「こっちでさァ」

孫八が先にたった。

ふたりは新堀川沿いの道を一町ほど南に歩いてから、右手の細い路地に入った。小体な店や仕舞屋《しもたや》などがまばらにつづく路地で、空き地や笹藪《ささやぶ》なども目についた。

路地に入って五町ほど歩いたところで孫八は足をとめ、

「斜向かいにある家でさァ」

と言って、仕舞屋を指差してから笹藪の陰にまわった。

笹藪の陰から、あらためて見ると、いかにも妾宅といった感じの小体な家だった。戸口は路地に面していたが、両脇と裏手には板塀がまわしてあった。

「家に、だれかいるのか」

平兵衛が小声で訊いた。

「情婦《おんな》がいやす」

孫八によると、こし屋橋にもどる前、小半刻（三十分）ほど家の脇の板塀に身を寄せてなかの様子をうかがったという。すると、一度だけ、戸口から色白の年増が出てきて、だれか来るのを待ってでもいるかのように路地の左右に目をやったそうだ。

「その女が、お浜なのか」

平兵衛が訊いた。

「この先にある八百屋の親爺から聞いたんですがね。女の名は、お浜だそうで」

「まちがいないな。……それで、常造はいないのだな」

平兵衛が念を押すように訊いた。

「へい、旦那に知らせる前《めえ》に見たときは、お浜ひとりでした」

「それなら、昼めしを食って出なおそう」

平兵衛は笹藪の陰から出て、路地にもどろうとした。

ふいに、平兵衛の足がとまった。路地の先に、こちらに向かって歩いてくる男の姿が見えたのだ。

……常造ではないか！

と、平兵衛は思った。男は濃紺の半纏に黒股引姿だった。

「旦那、やつだ！」

孫八が声を殺して言った。

ふたりは、慌てて笹藪の陰にもどった。

常造は仕舞屋の方に歩いてくる。平兵衛と孫八には気付かなかったようだ。

常造は仕舞屋の戸口に立つと、路地の左右に目をやってから、引き戸をあけて家のなかに入った。

「やっと、尻尾をつかんだな」

平兵衛が、孫八に小声で言った。

第三章　鶉《うずら》の十蔵《じゅうぞう》

1

「それで、どうするな」

平兵衛が男たちに訊いた。

極楽屋だった。飯台を前にして、平兵衛、孫八、島蔵、それに右京が、腰掛け替わりの空き樽に腰を下ろしていた。

平兵衛と孫八が、常造の塒《ねぐら》をつかんだ翌日の午後だった。

平兵衛たちは、常造をどうするか相談するつもりで極楽屋に来たのだ。たまたま、右京も店に来ていて、話にくわわったのである。

「常造は弥之助を殺ったひとりだ。あっしの手で、やつを始末してえ」

孫八が強い口調で言った。

「殺るのは孫八にまかせてもいいが、その前に吐かせたいな」

平兵衛は、常造の仲間や頭のことをつかみたかった。

「捕らえて、ここに連れてくるか」

島蔵が言った。

「親爺さん、舟を使うといいですぜ」

嘉吉が、仙台堀から大川へ出て新堀川をたどれば、ほとんど歩かずに阿部川町から極楽屋まで来られることを話した。それに、舟なら見咎《みとが》められずに常造を連れてこられる。

「よし、舟を使おう」

島蔵が、今日中に舟は用意する、と言った。

「わしと孫八、それに舟を漕ぐのは嘉吉に頼むかな」

平兵衛は、ちかごろ嘉吉が舟を扱えるようになったのを知っていた。もっとも、この辺りは掘割や河川にかこまれた地で木場が近くにあり、船頭や川並が多く住んでいたので、舟を扱う機会はだれにでもあったのだ。

「わたしも、行こう」

右京によると、昼間は暇《ひま》だという。ちかごろは、一吉を見張っている男もいないので、朴念だけが泊まっているそうだ。それに、右京はまゆみをひとりにしておくのが心配なので、夜はできるだけ家に帰りたかったのである。

「ここを出るのは、明日の昼過ぎだな」

島蔵が男たちに目をやって言った。

翌日の八ツ半(午後三時)ごろ、亀久橋近くの桟橋から、平兵衛、右京、孫八の三人は、嘉吉の漕ぐ猪牙舟に乗り込んだ。島蔵が、近所の材木問屋から舟を一艘調達しておいたのである。

平兵衛たちの乗る舟は仙台堀から大川へ出ると、水押《みお》しを川上にむけた。大川を遡《さかのぼ》り、両国橋をくぐると、前方左手に浅草御蔵が見えてきた。米蔵が立ち並び、櫛《くし》歯のように堀が入り込んでいた。四番堀と五番堀の間にある首尾《しゅび》ノ松が、形のいい枝を大川の川面の方に伸ばしている。

嘉吉の漕ぐ舟は、浅草御蔵の手前の堀を左手に入った。堀をたどった先が新堀川である。いっとき、新堀川を北に向かうと前方にこし屋橋が見えてきた。

「この辺りに、着けてくれ」

孫八が艫《とも》にいる嘉吉に声をかけた。

「そこの船寄に着けやす」

嘉吉が水押しを左手の岸にむけた。

船寄があった。舫《もや》い杭に猪牙舟が二艘繫《つな》いであり、平兵衛たちの乗る舟の波で揺れている。船寄の近くに人影はなかった。

平兵衛たちは舟が着くと、船寄に飛び下りた。

「こっちでさァ」

孫八が先にたって、新堀川沿いの道を歩いた。

平兵衛、孫八、右京、嘉吉の四人は、常造の塒である仕舞屋の近くまで行き、笹藪の陰に身を隠した。そこは、平兵衛と孫八が身を隠した場所で、仕舞屋の戸口が見える。

「まだ、踏み込むには早いが、常造はいるかな」

平兵衛が西の空に目をやって言った。

陽は西の家並の向こうに沈みかけていた。まだ、辺りは日中の明るさが残っていたが、あと半刻（一時間）もすれば、暮れ六ツ（午後六時）の鐘が鳴るだろう。常造が家をあけていたとしても、暗くなる前にもどるのではあるまいか。

「あっしが、見てきやしょう」

そう言い残し、孫八が笹藪の陰から路地に出た。

孫八は仕舞屋の板塀の陰に身を寄せ、しばらくなかの様子をうかがっていたが、平兵衛たちのいる笹藪の陰にもどってきた。

「常造はいやすぜ」

孫八が目をひからせて言った。

孫八によると、家のなかから男と女の声が聞こえたそうだ。常造の声は亀久橋近くで襲われたとき聞いていたので、間違いないという。

「踏み込みやすか」

孫八が勢い込んで言った。

「いや、陽が沈むまで待とう」

人通りのすくない路地だが、ときおり近所の住人らしい者が通りかかった。それに、路地沿いには店屋があり、まだ店をひらいていた。仕舞屋に押し入ったことが知れると、大騒ぎになる恐れがある。

やがて、陽が沈み、浅草寺の鐘の音が聞こえた。暮れ六ツである。その鐘の音がやむと、あちこちから表戸をしめる音が聞こえてきた。近所の店屋が店をしめ始めたようだ。路地の人影も消えている。

「そろそろだな」

平兵衛が男たちに目をやって言った。

平兵衛たち四人は笹藪の陰から出ると、足音を忍ばせて仕舞屋に近付いた。戸口の近くまで来てから、四人は二手に分かれた。念のために、右京と嘉吉が裏手から侵入するのである。

平兵衛と孫八は、路地に面した戸口に近付いた。引き戸になっていた。まだ、戸締まりはしてないらしく、板戸の脇が一寸ほどあいたままになっている。

板戸に身を寄せると、なかからくぐもったような話し声が聞こえた。内容は聞き取れないが、男と女の声であることは分かった。常造とお浜であろう。

右京たちが裏手にまわったのを見計らい、

「入りやすぜ」

と、孫八が小声で言って、板戸に手をかけた。

板戸が、ゴトゴトと重い音をたてた。立て付けが悪いようだ。

すぐに、平兵衛と孫八が土間に踏み込んだ。家のなかから聞こえていた話し声がやんでいる。戸をあける音を聞き付けたらしい。

土間の先に狭い板間があり、その先に障子がたててあった。障子の向こうにひとのいる気配がする。

「旦那、常造はあっしにやらせてくだせえ」

孫八が、目をつり上げて言った。

「まかせよう」

「ありがてえ」

孫八は懐から匕首を取り出した。右手には、晒が分厚く巻いてある。なかに、鉄棒が仕込んであるのだろう。

2

「だれでえ!」

障子の向こうで怒鳴り声がし、ひとの立ち上がる気配がした。常造らしい。

ガラッ、と障子があいた。姿を見せたのは、常造だった。座敷には女もいた。ふたりで、酒でも飲んでいたらしく、座敷に膳と銚子が置いてあった。

「てめえら、地獄屋の者だな!」

常造が、懐から匕首を取り出した。いつも、懐に忍ばせているらしい。

「常造! 弥之助の敵を討たせてもらうぜ」

孫八が、すばやく板間に踏み込んだ。

平兵衛は抜刀し、刀身を峰に返すと、板間の端へまわり込んだ。孫八があやういとみれば、すぐに助太刀するつもりだった。

「やろう！」

常造が身構えた。

腰を低くし、匕首を顎のあたりに構えている。孫八が亀久橋近くで見たのと同じ身構えである。

「お、おまえさん！　だれなんだい」

お浜がひき攣《つ》ったような声で訊いた。立ち上がり、常造の後ろから覗き込むようにして孫八を見ている。

「だれでもいい。お浜、死にたくなかったら、裏から逃げろ！」

そう言うと、常造はお浜の肩を突き飛ばすようにして、左手に押しやった。

お浜は、喉のつまったような悲鳴を上げ、よろよろと座敷の隅まで行って障子をあけた。細長い板間があり、その先が裏手の台所につづいているようだ。お浜は、常造を振り返りながら板間に逃れた。

「きやがれ！」

常造は背を丸め、すこし腰をかがめている。野犬が獲物に飛びかかっていくような身構えだった。

孫八は匕首をつかんだ右手を顔の前に出し、足裏を摺るようにしてジリジリと常造に近付いていった。しだいに、ふたりの間合がせばまり、一歩踏み込めば匕首がとどくところまできた。

「死ねッ！」

叫びざま、常造が踏み込んできた。

常造の体が躍《おど》り、手にした匕首が孫八の顔前できらめいた。咄嗟に、孫八は晒を巻いた右の前腕を横にしたまま前に突き出した。

ガキッ、という重い金属音がひびき、常造の匕首が孫八の腕にあたってはじかれた。晒に仕込まれた鉄棒が、匕首をはねかえしたのである。

次の瞬間、孫八が匕首を横に払った。俊敏な動きである。

バサッ、と常造の着物の胸部が裂け、胸板から血が迸《ほとばし》り出た。孫八のふるった匕首の切っ先が、常造の胸を斜に斬り裂いたのだ。

匕首での一瞬の攻防だった。

ふたりは後ろに跳ね飛び、ふたたび匕首を構え合った。

「う、腕に、何か入れてやがったな！」

常造が、目をつり上げて叫んだ。

構えた常造の匕首が、ワナワナと震えている。深手らしい。肩から胸にかけて血が流れ出て、あらわになった胸板と着物を赤く染めていく。

「てめえが、腕を狙ってくるのは分かってたのよ」

孫八は、匕首を構えたまま常造との間合をつめ始めた。

そのとき、平兵衛が脇から、

「孫八、そこまでだ。常造は殺さずに連れていく」

と声をかけ、孫八の前に出た。

常造の出血は激しかった。平兵衛は、これ以上常造に傷を与えると命を落とすとみたのである。

「へ、へい」

孫八が、慌てて後じさった。孫八も、常造を殺さずに極楽屋に連れていくつもりでいたのだ。

「て、てめえ！　安田だな」

常造が吼《ほ》えるような声で言った。まだ、匕首を構えている。

「常造、匕首を捨てろ!」

平兵衛は、刀身を峰に返したまま低い八相に構えた。

「や、やろう!」

常造が叫びざま、匕首を前に突き出すようにして踏み込んできた。

スッ、と平兵衛は右手に体を寄せざま、刀身を横に払った。一瞬の太刀捌《さば》きである。

皮肉を打つにぶい音がし、常造の上半身が前にかしいだ。平兵衛の峰打ちが常造の腹に入ったのだ。

グワッ!

常造が獣《けもの》の唸《うな》るような声を上げ、手にした匕首を落としてその場にうずくまった。

「孫八、常造に縄をかけてくれ」

平兵衛は常造を縛《しば》り、極楽屋まで連れていくつもりだった。

「へい!」

孫八は用意した細引を懐から取り出すと、常造を後ろ手にとって縛り上げた。そして、手ぬぐいで猿轡《さるぐつわ》をかました。途中、騒がれないようにしたのである。

一方、座敷から逃げたお浜は、背戸から入ってきた右京と嘉吉に台所でつかまった。

お浜は嘉吉に肩を押さえつけられ、土間にへたり込んで、ヒイヒイと細い悲鳴を上げていた。顔が蒼ざめ、目がつり上がっている。両襟がはだけ、乳房が覗いていた。土間に投げ出された両足は腿《もも》のあたりまであらわになり、薄闇のなかで白く浮き上がったように見えた。

「この女、どうしやす」

嘉吉が訊いた。

「騒がれると、面倒だな」

右京が、このままというわけにはいくまいな、と小声で言った。

「た、助けて……」

お浜が右京を見上げ、すがりつくように手を伸ばした。細い指が、虚空を撫《な》でるように揺れている。

「嘉吉、お浜の手を後ろに縛ってくれ。ともかく、安田さんたちのいる座敷に連れていこう」

右京は、お浜も常造といっしょに極楽屋に連れていってもいい、と思った。

「承知しやした」

嘉吉はすぐにお浜の両手を後ろにとって、細引で縛った。

右京たちが、お浜を平兵衛たちのいる座敷に連れていくと、孫八が常造を縛り上げ、猿轡をかましたところだった。常造の着物が肩から胸にかけてどっぷりと血を吸い、赤く染まっている。

「女はどうします」

右京が平兵衛に訊いた。

「そうだな。わしらが帰った後、騒ぎ立てられても面倒だな。……常造といっしょに連れていくか」

平兵衛が言うと、

「ど、どこへ、連れていくんだい」

と、お浜が声を震わせて訊いた。

「極楽だよ」

平兵衛が小声で言った。

3

「長くはもたねえぞ」

島蔵が、平兵衛の耳元でささやいた。島蔵は常造の顔色と出血ぐあいを見て、長い命ではないとみたようだ。

極楽屋の店の奥の小座敷だった。訊問するために、常造を連れてきたのだ。お浜は小座敷ではなく、店の隅の柱にくくりつけてあった。お浜がいっしょでは、常造がしゃべらないとみたのである。

小座敷には、島蔵、平兵衛、右京、孫八、嘉吉の五人がいた。座敷の隅には燭台が置かれ、蠟燭《ろうそく》の火が男たちの顔を横から照らしていた。闇のなかに浮かび上がった五人の顔は濃い陰影を刻み、双眸が蠟燭の火を映して赤く光っていた。いずれも、凄みのある顔である。

常造の顔は土気色をし、苦痛にゆがんでいた。すこしひらいた口から、荒い息が洩れている。

「常造、このままでは死ぬぞ。……出血をとめてやる」

平兵衛は、島蔵に常造の傷口を縛ってやってくれんか、と声をかけた。平兵衛は常造を助けてやるつもりなどなかった。すこしでも長く生かしておいて、話を聞き出したかったのである。

「嘉吉、手を貸せ」

島蔵はそう言って、嘉吉とふたりで奥に行き、自分たちが居間に使っている座敷から、古い浴衣や晒などを集めてきた。そして、常造の着物を切り裂き、あらわになった傷口に、畳んだ浴衣を押し当てて晒で強く縛った。出血をすくなくするための応急処置である。島蔵は怪我人の手当てに慣れていたので、手際がよかった。それに、常造は島蔵たちのなすがままになっていたので、手当てもしやすかったようだ。

島蔵は手当てがすむと、大きな目で常造を睨むように見すえ、

「常造、おまえ、仲間といっしょに孫八たちを襲って弥之助を殺したな」

と、切り出した。

「……！」

常造は顔を苦痛にゆがめただけで、何も言わなかった。体が小刻みに顫え、島蔵にむけられた目には恐怖の色があった。

「おめえといっしょに、孫八たちを襲った二本差しは、なんてえ名だい」

常造は口をひらかなかった。荒い息を吐きながら、座敷の隅の闇に目をむけている。

「常造、いまさら隠してもどうにもなるまい。それとも、武士に義理でもあるのか」

脇から、平兵衛が訊いた。

「……ぎ、義理などねえ」

常造が絞り出すような声で答えた。

「ならば、隠すことはあるまい」

「泉田重三郎《いずみだじゅうざぶろう》……」

常造が小声で言った。

「おれたちと同じ、殺し人だな」

「い、いまは、そうだ」

「前は、殺し人ではなかったのか」

「と、賭場《とば》や、女郎屋の用心棒をしていた……」

常造が声をつまらせながら、切れ切れに話したことによると、泉田は御家人だが三男の冷や飯食いで、四、五年前に家を出て借家暮らしを始めたという。そして、最近まで浅草や上野《うえの》の山下《やました》などで、賭場や女郎屋などの用心棒をしていたそうだ。山下は上野の山裾にひろがる繁華街で、茶屋や料理屋が多く、岡場所としても知られた地である。

「その泉田が、殺し人になったのは、どういうわけだ」

平兵衛が訊いた。

孫八、右京、嘉吉の三人は黙っていた。この場は、島蔵と平兵衛にまかせる気なのだろう。

「あ、あっしが、誘ったんでさァ。……用心棒より、金になる。それに、泉田の旦那は、おそろしく腕がたちやすからね。お、おめえさんたちも、かなわねえだろうよ」

そう言って、常造が嘲笑《あざわら》おうとしたが、顔がゆがんだだけだった。

「殺し人のおめえや泉田が、肝煎屋の者やうちの連中を襲ったのはどういうわけだ」

島蔵が語気を強くして訊いた。

「お、おめえさんたちと、同じだよ。……か、金さ。殺し料をもらったのだ」

常造が苦しそうな声で言った。

「依頼人はだれだい」

「し、知らねえ……」

「知らねえはずはねえ！」

島蔵が怒鳴り声を上げた。

「き、聞かなかったのよ。……お、おめえさんたちだって、金さえもらえば、だれが金を出したか聞かずに殺るんじゃァねえのかい」

「それじゃァ、だれから金をもらったんだ。おめえたちに金を渡したやつが、いるだろう」

「……し、篠塚の、旦那だ」

常造が喘《あえ》ぎながら言った。顔が苦しげにゆがんでいる。息も乱れてきた。

「篠塚権十郎か」

平兵衛が訊いた。

「そ、そうだ」

「まさか、篠塚がおまえたちの元締めではあるまいな」

平兵衛は、篠塚が殺し人の元締めとは思えなかった。

「し、篠塚の旦那も、殺し人でさァ。……篠塚の旦那から、おれたちに話があったのだ」

「篠塚が元締めから、依頼されたのだな」

島蔵が訊いた。

「そうだ……」

「その元締めは、だれだ！」

島蔵が声を強くして訊いた。

「し、知らねえ……。おれも、泉田の旦那も、元締めのことは知らねえよ。……か、金さえ、もらえば、だれでも、かまわねえ」

常造の声が切れ切れになり、喘ぎ声が強くなった。体の顫えもとまらなくなり、腕に鳥肌が立っている。

「おめえたちの仲間に、盗人がいるな」

島蔵が声を大きくして訊いた。

「い、いる。何人かな……。おれも、盗人だったことが、あるからな……」

さらに、喘ぎ声が激しくなり、声が細くなった。

……すぐに、こと切れる！

平兵衛が、そう思ったときだった。

ふいに、常造が顎を突き上げ、ググッ、と喉のつまったような呻き声を洩らした。

そして、背を反らせて身を硬直させた後、がっくりと肩が落ちた。首が前に垂れ、体から力が抜けて、ぐったりとなった。息がとまっている。

……死んだ。

平兵衛が胸の内でつぶやいた。

いっとき、その場にいた男たちは塑像《そぞう》のように動かず、常造に目をやっていた。障子の隙間から入ってくる風が燭台の蠟燭の炎を揺らし、男たちにまとわりついている闇とひかりを掻き乱していた。

その後、念のために、お浜にも常造とかかわりのある男のことを訊いてみたが、仲間や元締めのことは何も知らなかった。お浜はしばらく極楽屋に監禁しておいて、今度の件の始末がついたら帰すことにした。

4

平兵衛は、一吉の裏手の路地で吉左衛門が出てくるのを待っていた。陽が沈むころ、平兵衛が店の裏口近くで待っていることになっていたのだ。

昨夜、平兵衛は右京と替わり、ひとりで一吉に泊まった。ちかごろは一吉を襲う気配がないことから、ふたりでなくひとりで泊まることが多くなっていた。

平兵衛のいる座敷に吉左衛門が姿を見せ、酌をしながら、

「島蔵さんや安田の旦那でないと言えないことだが」

と、前置きして話しだした。

吉左衛門によると、一味のなかに盗人が何人かいるらしいことから、自分のむかしのことを知っている者が、陰で糸を引いているような気がするというのだ。

「うむ……」

平兵衛は何とも言えなかった。吉左衛門が一吉を始める前、盗人だったことは薄々知っていたが、仲間のことまで知らなかったのだ。

「むかしのことを知っている者でなければ、おれと忠造の裏稼業のことは知らないはずだからな。……実は、忠造はむかしからおれの手先なのだ」

吉左衛門が低い声で言った。

「それで？」

平兵衛は話の先をうながした。

「明日にも、むかしのことを知っている者から話を聞いてみようと思っているのだ」

「心当たりの者がいるのか」

「ひとりいる」

「何か、分かるかもしれんな」

「それで、安田の旦那に、いっしょに行ってもらえないかと思ってな」

吉左衛門が、まだ、ひとりで出歩くのは怖いからな、と小声で言い添えた。

「承知した。わしも、行こう」

そうしたやりとりがあって、平兵衛は吉左衛門が裏戸をあけて、出てくるのを待っていたのだ。

平兵衛が路地の隅に立って待っていると、裏戸があいて、手ぬぐいで頬っかむりした男が出てきた。半纏に股引姿である。職人か大工のような恰好だった。

「おれだよ」

男が平兵衛に顔をむけて言った。吉左衛門だった。

「これなら、一吉のあるじだとは思うまい」

吉左衛門が、首をすくめながら言った。歩く恰好まで、変えている。むかし、盗人だったころ、こんなふうに身を変えて狙った店を探りにいったことがあるのかもしれない。

「うまく化けたな」

平兵衛が小声で言った。

「すまぬが、すこし間をとって来てくれんか。ふたりでいっしょに歩いていては、人目をひくからな」

吉左衛門は、平兵衛が武家ふうの恰好をしていたのでそう言ったらしい。

「承知した」

平兵衛は、吉左衛門から数間離れて歩いた。

吉左衛門は神田川沿いの通りに出ると、西に足をむけた。陽は家並の向こうに沈み、西の空には茜色の夕焼けがひろがっていた。そろそろ暮れ六ツ(午後六時)の鐘が鳴るころである。

平兵衛たちが神田川にかかる新《あたら》シ橋のたもとまで来たとき、石町《こく》の鐘の音が聞こえた。その鐘の音を聞きながら新シ橋を渡り、柳原《やなぎわら》通りに出た。吉左衛門はさらに西にむかって歩いていく。

前を行く吉左衛門は、和泉《いずみ》橋のたもとを過ぎて間もなく、左手の路地に入った。しばらく行くと、岩井《いわい》町に出た。そこは小体な店屋がつづく細い路地で、ほとんどの店は表戸をしめていた。それでも、そば屋、一膳めし屋、飲み屋などは店をひらいていて、路地に淡い灯を落としていた。ときおり、仕事帰りの男や一杯ひっかけたらしい若者などが、通り過ぎていく。

吉左衛門は、軒先に赤提灯をつるした飲み屋の前に足をとめると、後ろから来る平兵衛に顔をむけ、ここだよ、というふうにちいさくうなずいてみせた。

吉左衛門は平兵衛が近付くのを待ってから、飲み屋の引き戸をあけた。

土間に飯台がふたつあり、そのまわりに数人の男が腰を下ろして酒を飲んでいた。仕事帰りの職人や船頭ふうの男たちだった。

すこし腰のまがった小柄な老婆が、土間の奥から両手に銚子を持って出てきた。そして、老婆は酒を飲んでいる男に何か声をかけてから飯台に銚子を置いた。

「婆さん」

吉左衛門が声をかけた。

老婆は戸口に立っている吉左衛門と平兵衛に気付くと、近付いてきて、

「酒けえ」

と、しゃがれ声で訊いた。皺《しわ》の多い梅干のような顔をしていた。

「婆さん、寅七《とらしち》はいるかい」

吉左衛門が老婆の耳に顔を近付けて訊いた。

「何か用があるのかい」

老婆が訝《いぶか》しそうな顔をした。

い。

「柳橋の吉左《きちざ》と言ってもらえば、分かるんだがな」
吉左衛門が小声で言った。むかし、仲間内では吉左と呼ばれていたのかもしれな
い。

「待ってな。いま、話してくるからよ」

そう言い残し、老婆は奥へ引っ込んだ。

いっとき待つと、老婆が小柄な男を連れてもどってきた。板場にいたらしい。薄汚れた前だれをかけていた。

男はかなりの年寄りらしく、腰がまがり、鬢や髷は真っ白だった。浅黒い顔をし、額に横皺が寄っていた。猿のような顔をしている。

「吉左の旦那かい。妙な恰好をしてるじゃァねえか」

男が低い錆声《さびごえ》で訊いた。吉左衛門のことを吉左と呼んでいるらしい。むかし、仲間だったのだろう。

「わけありでな」

「おめえのところも、いろいろあったようだな」

そう言って、男は平兵衛に顔をむけた。丸い目に、心底を探っているような色がある。

「寅七、酒と肴《さかな》を頼みてえが、奥はあいてるかい」

吉左衛門が訊いた。

「あいてるよ。……肴は何にするな」

「みつくろってくれ」

「ふたりで、先に入《へえ》っててくんな」

そう言い残し、寅七は板場にもどってしまった。

「こっちだ」

吉左衛門が飯台の脇を通って、土間のつづきにあった小座敷に平兵衛を連れていった。吉左衛門は、この店に何度か来たことがあるらしい。

そこは狭い座敷だった。隅に長火鉢が置いてあり、ちいさな神棚もしつらえてあった。寅七が居間に使っている座敷らしい。常連客には、使わせているのだろう。

吉左衛門と平兵衛が、小座敷に腰を下ろしていっとき待つと、寅七と老婆が酒と肴を運んできた。肴は鰯《いわし》の煮付けと漬物だった。

寅七は吉左衛門の脇に膝を折ると、

「おりく、おめえは店にいる客の相手をしてくんな」

と、老婆に声をかけた。老婆は寅七の女房らしい。寅七より年上に見えたので、姐さん女房なのかもしれない。

老婆は、あいよ、と小声で答えると、そそくさと座敷から出ていった。

5

「そちらの旦那は？」

寅七が、平兵衛に目をむけて訊いた。

「おれの知り合いの旦那でな、肝煎屋として世話になってるんだ」

吉左衛門が小声で言った。

「そうですかい。……一杯《いっぺえ》、どうです」

寅七が銚子を手にして、平兵衛に差し出した。平兵衛が、殺し人であることが分かったようだ。江戸の闇世界のことを知っているのであろう。

「すまんな」

平兵衛は猪口に酒をついでもらった。

吉左衛門は、平兵衛が猪口をかたむけたのを見てから、

「寅七、おめえに訊きたいことがあってな」

と、切り出した。

寅七は何も言わなかった。吉左衛門に顔をむけただけである。

「おめえ、忠造が殺られたのを知ってるかい」

「噂は聞いたぜ」

「相手は、だれか分からねえが、おれも狙われてな。一吉にも、押し込んできやがったのよ。……この旦那が追い払ってくれたんで助かったが、いつ狙われるか分からねえ。それで、こんな恰好をしてるのよ」

吉左衛門が、伝法な物言いをした。むかし、盗人だったころの口調が出たのかもしれない。

「吉左の旦那の命を狙うやつがいるとはな」

寅七が驚いたような顔をした。

「だれが、おれの命を狙っているか分からねえんだ。寅七、何か心当たりはねえか」

「心当たりといわれてもな。……分からねえなァ」

寅七は、首をひねった。

「おめえ、常造を知ってるな」

「盗人だった男かい」

「そうだ。常造が、おれたちを襲った一味のひとりだ」

「やつは、金ずくで人殺しをやってると聞いたぜ」

「そうらしい。……常造とつるんで殺しの仕事をしていたのが、泉田重三郎ってえ御家人くずれだ」

「そいつの名も、聞いた覚えがあるな」

寅七が小声で言った。丸い目が、底びかりしている。闇の世界で生きていた者特有の目である。

「寅七、常造と泉田をかかえている元締めを知らねえか」

吉左衛門が、声をあらためて訊いた。

「知らねえ」

「おめえなら、知ってるとみたんだがな」

「常造と泉田に、頭や元締めはいねえはずだぜ。独《ひと》り働きだと聞いているがな」

「おれもそうみていたが、おれの店に四人もで踏み込んできやがったのよ。……だれか頭がいて、指図《さしず》しているとしか思えねえ」

「四人な」

寅七は、首をかしげた。

「篠塚権十郎という牢人を知ってるだろう」

吉左衛門が、篠塚の名を出した。島蔵から話を聞いているらしい。

「死神か」

寅七の顔がけわしくなった。

「そうだ。死神も、常造たちの仲間らしいんだ」

どうやら、吉左衛門も死神のことは知っているようだ。

「厄介な相手だな」

「それに、だれが何のために、おれやここにいる旦那たちの命を狙っているか分からねえんだ」

吉左衛門が、眉宇《びう》を寄せて言った。平兵衛のことを口にしたのは、極楽屋の者も狙われたからだろう。

「吉左の旦那に分からねえことが、おれに分かるわけがねえだろう」

寅七が首を大きく横に振った。

「いや、寅七なら知ってるかもしれねえ。……常造もそうだが、一味のなかに盗人がいるらしいんだ」

「盗人がな」

寅七の皺の多い顔がひきしまり、目に強いひかりが宿った。

「それも、常造や死神を動かせるような男だ。……それほどのやつは盗人のなかにも、そうはいねえ。寅七、だれか心当たりはねえか」

さらに、吉左衛門が訊いた。

寅七は虚空を睨むように見すえて考え込んでいたが、何か思いついたか、吉左衛門に目をむけて、

「鶉《うずら》の十蔵《じゅうぞう》じゃァねえかな」

と、低い声で言った。

「鶉の十蔵だと！」

吉左衛門が驚いたような顔をして言った。

「常造や死神を動かせるような大物といやァ、おめえさんか、それとも鶉の十蔵ぐれえしかいねえ。しかも、おめえさんに恨みを持っている」

「だが、十蔵が姿を消してから十五、六年は経つぞ」

「鶉の十蔵なら、やりそうなことじゃァねえか。ジイッと身動きしねえで、闇のなかで頃合が来るのを待ってたんだよ」

「そうかもしれねえ」

吉左衛門が厳しい顔でつぶやいた。

平兵衛も、鶉の十蔵と呼ばれる盗賊がどんな男か噂は聞いていた。ただ、十数年前のことで、くわしいことは覚えていなかった。

十蔵は忍び込んだ家屋敷で、家人が寝静まるまで俯せのままうずくまり、気配を消して身を隠しているという。

鶉には、うずくまったまま身動きせずに凝《じつ》としていて敵の目を逃れる習性があるというが、それとよく似ていた。また、忍者は身を隠すときに、鶉隠れと称する同じような隠遁《いんとん》術を遣うという。そうしたことから、十蔵は鶉の十蔵と呼ばれるようになったらしい。十蔵は仲間を集め、盗賊一味の頭になってからもその隠遁《いんとん》術を生かすとともに、じっくり時間をかけて大店を狙い、大きな仕事をして恐れられた。

「だが、十蔵はかなりの歳のはずだぞ」

吉左衛門が言った。

「おれより、上のはずだな。もう、家に忍び込んで、鶉の真似はできめえ。ただ、十蔵の右腕の茂三郎《もさぶろう》を殺ったのは、おめえだと思っているはずだぞ」

「その十蔵が、動き出したのか」

たしかに、茂三郎を殺ったのは吉左衛門だった。盗人の足を洗って肝煎屋を始めた吉左衛門を妬《ねた》んで町方に密告しようとしたので口を封じたのである。

「盗人働きはできねえ。そう思って、やつは鶉みてえに闇のなかに身を隠して暮らしてきたが、このまま闇のなかで死にたくもねえ、銭も欲しい。おめえに仕返しもしてえ。そこで、もう一仕事してえ、そう思ったのかもしれねえぜ」

寅七が言った。

「うむ……」

「てめえは動けねえが、手先を動かすこたァできる。それで、泉田や死神をかかえて、殺し人の元締めと肝煎屋の両方をやる気になったんじゃァねえかな。肝煎屋だけなら、殺し人に手は出さねえからな」

「その手始めに、忠造と平助の命を狙ったのか」

吉左衛門は、十蔵の腹の内が読めた。

盗人として江戸市中を荒らしまわった十蔵は、江戸の闇世界のことがよく分かっているし、手懐《なず》けた盗人もいる。吉左衛門と同じように、肝煎屋もやるし、殺し人の元締めもやる気なのだ。

「寅七、十蔵の隠れ家はどこか知ってるかい」

吉左衛門が身を乗り出すようにして訊いた。

「知らねえ。相手は、鶉だぜ。おれに、身を隠している場を知られるようなへまをするはずがねえだろう」

「もっともだな。……だが、十蔵の子分なら知ってるはずだ」

「子分な」

「噂でいい。子分のことで、何か知ってたら話してくれ。おれが、そいつの塒を嗅ぎだす」

「浅次《あさじ》ってえやつが、小間物売りをしてるって聞いたことがあったな。ただ、七、八年も前のことだから、いまはどうかな」

寅七が、首をひねりながら言った。

後で、平兵衛が吉左衛門から聞いた話によると、小間物売りは小間物を入れた引き出しを風呂敷につつんで担ぎ、得意先にしている商家をまわって売り歩くので、店に住むあるじの家族はもとより奉公人、店の造り、金まわりまで、よく分かるという。それで、盗人が押し入る商家を探るには、いい商売だそうである。

寅七によると、浅次は三十代半ばで、色の浅黒い痩せた男だという。

「浅次は、どの辺りをまわってたんだい」

吉左衛門が訊いた。

「神田須田《すだ》町界隈と聞いたな」

「須田町か」

吉左衛門は、須田町界隈をあたってみようと思った。ただ、忠造と平助が殺られたので、島蔵に話して手引き人の手を借りるしかないだろう。

それから、吉左衛門は寅七に十蔵の他の子分のことや十蔵と殺し人がどうしてつながったのかなど訊いたが、寅七は首を横に振っただけだった。

吉左衛門と平兵衛は、寅七の店で一刻（二時間）ほど飲んでから腰を上げた。

店の外に出ると、町筋は夜陰につつまれていた。上空に月が出ていたので、提灯はなくとも歩けそうだ。それに、吉左衛門は盗人だったことがあるせいか、夜目がきくようだった。

「安田の旦那、十蔵はおれや元締めにとって代わろうとしているようですぜ」

吉左衛門が歩きながら低い声で言った。夜陰のなかで、双眸が夜禽のようにひかっている。吉左衛門の顔には、夜盗だったころの剽悍《ひょうかん》さがあった。

6

吉左衛門と平兵衛が、寅七から話を聞いた二日後、神田須田町に、四人の手引き人が来ていた。孫八、嘉吉、猪吉、勇次である。四人は、須田町の商家を手分けしてまわり、小間物屋の浅次の行方を探ったのである。

その日のうちに、浅次の居所が知れた。嘉吉が須田町の呉服屋をまわって、通いの女中をしているおとくから、話を聞いたのである。浅次は、おとくが勤めている呉服屋に四年ほど前までまわってきていたという。ところが、浅次は小間物屋をやめてしまい、いまは情婦《いろ》に小料理屋をやらせているそうだ。

「その小料理屋は、どこにあるんだい」

嘉吉はおとくに訊いた。

「小柳《こやなぎ》町だよ」

神田小柳町は須田町の隣町である。

おとくによると、浅次の情婦が女将をやっている小料理屋が、おとくの住む長屋の近くにあり、浅次が店から出てきたところを目にして、そこに浅次が住んでいることが分かったという。

「なんてえ店だい」

「桔梗屋《ききようや》ですよ」

おとくが、女将の名はお島《しま》だと言い添えた。

「手間をとらせたな」

嘉吉は、おとくに礼をいって、呉服屋の台所から出た。

嘉吉たち四人は、須田町から極楽屋にもどると、島蔵に浅次の居所が知れたことを話した。

「浅次を、ここに連れてきて吐かせやすかい」

嘉吉が、集まった男たちに目をやって言った。

「浅次は、十蔵の子分ってえことだな」

島蔵は思案するような顔をしてつぶやいた。

「十蔵の隠れ家を知っているかもしれねえ」

孫八が言った。

「知ってるだろうな。……だが、十蔵は浅次がつかまったことを知れば、すぐに塒を変えちまうんじゃァねえかな。十蔵は用心深い男だと聞いている。十蔵の塒を知っている浅次や他の仲間にも、目を配っているにちげえねえ」

「そうかもしれねえ」

孫八がうなずいた。

「どうだ、しばらく浅次を尾けてみるか。おれは、浅次が一味の繋ぎ役をやってるような気がするんだ。浅次が繋ぎ役なら、十蔵だけでなく他の仲間の塒にも顔を出すはずだぞ」

島蔵が低い声で言った。

「元締め、浅次を尾けてみやすよ」

孫八が言うと、嘉吉たちもうなずいた。

孫八たち四人はその場で相談し、ふたりずつ組んで交替で浅次を尾けることにした。


二日後、孫八は勇次とふたりで小柳町に来ていた。浅次を尾行するためである。

「あれが、桔梗屋だ」

孫八は、飲み屋、小料理屋、そば屋など、飲み食いする店の多い横町に来ていた。

昨日、孫八は嘉吉とこの場に来て、桔梗屋を確認しておいたのだ。

「小洒落《こじゃれ》た店だな」

勇次が、桔梗屋の店先に目をやりながら言った。桔梗屋の戸口は格子戸になっていた。脇に掛行灯があり、桔梗屋と記してある。

勇次はまだ十五歳だった。手引き人になって間がなかった。勇次の父親の伊助《いすけ》は、島蔵たち極楽屋の者がからんだ事件に巻き込まれて斬り殺されてしまった。そのとき、勇次は父親の敵を討ちたいと島蔵に訴えた。島蔵は勇次をかわいそうに思い、極楽屋に住まわせ、父親の敵を討たせてやった。その後、身寄りのない勇次は極楽屋に住み込み、手引き人になったのである。

「どこか、店先を見張るところはねえかな」

孫八は通りに目をやった。

「孫八さん、あの店の脇はどうです」

勇次が、桔梗屋の斜向かいにある小店を指差した。

「あそこがいいな」

八百屋らしいが、すでに店仕舞いしたらしく表戸はしまっていた。その店の脇に、古い空き樽や空き箱などが積んであった。その陰にまわれば、身を隠せそうだ。

ふたりは、八百屋の脇に行き、空き樽の陰にまわった。漬物樽だったらしく、乾いた糠《ぬか》がこびりついていた。漬物の匂いが残っている。

暮れ六ツ（午後六時）を過ぎたばかりで、まだ横町には夕暮れの明るさが残っていたが、八百屋の脇は薄暗く、身を隠すにはちょうどよかった。

「浅次は、店にいやすかね」

勇次が小声で訊いた。

「どうかな」

店にいるにしろ、いないにしろ、浅次が姿を見せるのを待つしかなかった。

路地はけっこう人通りがあった。飲み屋や小料理屋などの灯が路地を染め、酔客、仕事帰りに立ち寄ったらしい職人、首に白粉《おしろい》を塗りたくった飲み屋の酌婦、何人かで騒ぎながらやってくる若い衆などが、行き交っている。

「孫八さん、腕の傷はまだ治らねえんですかい」

勇次が、孫八の右腕に巻かれた晒を見て訊いた。

「もう、治ってるのよ」

そう言って、孫八は右腕を前に出して見せた。巻かれた晒は汚れて黒ずんでいる。

「こいつは、しばらくこのままにしておくつもりだ。……役にたつんでな」

孫八が、口許に薄笑いを浮かべて言った。

「何の役にたつんで」

勇次が怪訝な顔をして訊いた。

「このなかに、鉄棒が仕込んであるのよ。この腕で、匕首でも刀でも受けられるぜ」

孫八が、常造の匕首を受けたときの様子を話してやった。

「そいつはいいや。おれも、晒を巻くかな」

勇次が目を瞠《みひら》いて言った。

そんなやりとりをしながら、ふたりは桔梗屋の店先に目をやっていた。辺りはしだいに暗くなり、八百屋の脇は深い闇につつまれてきた。

7

「孫八さん！　あいつ、浅次かもしれねえ」

勇次が桔梗屋を指差しながら言った。

遊び人ふうの男が、桔梗屋の店先に近付いてきた。ひとりではなかった。そばに、大柄な武士がいる。

「やつは、泉田だ！」

思わず、孫八が身を乗り出した。

武士は泉田重三郎だった。孫八は、亀久橋の近くで泉田を見ているのですぐに分かった。いっしょにいる町人は、浅次らしかった。三十がらみの痩せた男である。

ふたりは、桔梗屋の暖簾をくぐって店に入った。

「ふたり、来やがった！　やっぱり、浅次も十蔵とつながってやがるんだ」

勇次が興奮した面持ちで言った。浅次と泉田がいっしょにいるということは、ふたりの背後に十蔵がいるとみていいのだ。

「ふたりは、桔梗屋で一杯やるつもりだな」

「孫八さん、どうしやす」

「ふたりの塒を、つかむんだ」

孫八は、泉田の塒をつかむいい機会だと思った。

「店から出てくるのを待ちやすか」

「それしかねえな」

店に乗り込むわけにはいかなかった。ふたりが出てくるのを待って、跡を尾けるしか手はない。

「長丁場になるな。……勇次、おめえ、近くの店で腹ごしらえをしてこい。その間、おれが見張っている」

近くにそば屋もあるし、一膳めし屋もあった。手間をとらずに、めしを食ってもどれるはずだ。

「孫八さんは？」

「おめえが、もどってきたら交替する」

「それじゃァ、おれから」

勇次は空き樽の陰から路地に出ると、そば屋のある方へ走りだした。

半刻（一時間）も経たぬうちに、勇次はもどってきた。この間、孫八は桔梗屋の店先を見張っていたが、泉田も浅次も姿を見せなかった。

「今度は、おれがめしを食ってくるぜ」

孫八はそう言い残し、路地に出た。

孫八が近くの一膳めし屋で腹ごしらえをしてもどると、勇次は空き樽の陰から桔梗屋を見張っていた。

「どうだ、やつら、姿を見せたか」

孫八が訊いた。

「ふたりとも出てこねえ」

勇次によると、職人らしいふたり連れと小店の旦那ふうの男が店から出てきたが、浅次と泉田は姿を見せないという。

「まだ、飲んでるんだろうよ。待つしかねえな」

孫八も空き樽の陰にまわった。

孫八がその場にもどって小半刻（三十分）ほどしたときだった。桔梗屋の格子戸があいて、人影が出てきた。

「浅次だ！」

勇次が身を乗り出して言った。

戸口から出てきたのは、三人だった。浅次、泉田、それに年増である。おそらく年増は女将のお島だろう。浅次と泉田を見送りに出てきたようだ。

三人は戸口で何やら話していたが、泉田だけがその場から離れて路地に出た。浅次と女将は、泉田を見送っていたが、ふたりそろって店にもどってしまった。

「浅次は、店に入《へぇ》っちまった！」

勇次が目を瞠いて言った。

「勇次、泉田を尾けるぞ」

今晩、浅次は桔梗屋に泊まる、と孫八はみた。この場に残って桔梗屋を見張っても、無駄骨に終わるだろう。それより、泉田の塒をつきとめるのが先である。

ふたりは路地に出ると、泉田の跡を尾け始めた。

泉田は路地から表通りに出ると、柳原通りの方に足をむけた。通り沿いの店屋は表戸をしめ、夜の帳《とばり》につつまれてひっそりと寝静まっている。

頭上に弦月が出ていた。青磁《せいじ》色の淡い月光が、泉田の大きな体を黒く浮かび上がらせている。孫八と勇次は、店の軒下や樹陰などの闇の深いところをたどって跡を尾けた。

泉田は柳原通りに出ると、両国の方へ足をむけた。そして、神田川にかかる和泉橋のたもとまで来ると、左手におれて橋を渡り始めた。

泉田は橋を渡り、いっとき川沿いの道を湯島《ゆしま》方面に歩いてから右手の路地に入った。そこは佐久間《さくま》町である。

泉田は佐久間町の路地に入って間もなく、板塀をめぐらせた仕舞屋に入った。借家らしい家である。

「家《へえ》に入りやしたぜ」

勇次が声をひそめて言った。

「あれが、やつの塒かもしれねえぜ」

孫八と勇次は足音を忍ばせて、仕舞屋をかこった板塀に身を寄せた。

耳を立てると、板間を歩くような足音がし、男の声につづいて女の声が聞こえた。泉田と家にいた女が何か話しているらしい。ふたりの声は聞こえたが、話の内容までは聞き取れなかった。

「まちげえねえ、ここが泉田の塒だ」

孫八は確信した。

その夜、孫八と勇次は、泉田が仕舞屋に入ったことだけ確かめてその場を離れた。明日、近所で聞き込んで、泉田の様子を探ってみようと思った。

翌日、ふたりは朝のうちに極楽屋を出て佐久間町に足を運んだ。昨夜、泉田が入った仕舞屋の近所を歩き、半日ほど聞き込むとだいぶ様子が知れた。

泉田が入った家は借家で、一年ほど前から女とふたりで住むようになったようだ。女の名はおくに、料理屋の座敷女中をしていたらしいという。泉田の妾《めかけ》である。ときおり、遊び人ふうの男が来ることも分かった。男の年格好や人相から浅次らしいことも知れた。

「勇次、これだけ分かれば十分だ」

孫八は勇次とふたりで極楽屋にもどった。泉田と浅次をどうするか、後は島蔵たちと相談して決めるつもりだった。

第四章　右京の危機

1

極楽屋の飯台を前にして、平兵衛、右京、孫八の三人が腰を下ろしていた。

四ツ（午前十時）ごろだったが、いつも店内にたむろしている男たちの姿はなかった。島蔵が、安田の旦那たちと話があるから、おめえたちは奥へ行ってろ、と男たちに言って、それぞれの塒に追いやったのだ。店の奥にある長屋の部屋である。

仕事のない男たちはどこかの部屋に集まって、小博奕を打っているか、店から貧乏徳利に酒を入れて持っていき、茶碗酒を飲んでいるかであろう。

「茶でいいんだな」

島蔵が手に急須と湯飲みを載せた盆を手にして、念を押すように訊いた。

平兵衛と右京は、島蔵の使いから極楽屋に来るようにとの言伝《ことづて》を聞いて来ていたのである。島蔵は極楽屋に姿を見せた平兵衛たちに酒を用意すると言ったが、平兵衛たちは断った。朝のうちから酒を飲んで酔う気にはなれなかったのである。

島蔵は腰掛け替わりの空き樽に腰を下ろすと、

「孫八から話してくれ」

と、急須で湯飲みに茶をつぎながら言った。

「泉田の塒《ねぐら》をつかんだんでさァ」

孫八はそう言って、勇次とふたりで桔梗屋を見張り、姿を見せた泉田を尾けて塒をつかんだことを話した。

「それで、泉田をどうするか、おふたりと相談しようと思いましてね」

島蔵が言い足した。

「泉田を斬るか、もうすこし泳がせておくかだな」

平兵衛が言った。

「そういうことだ」

「ところで、浅次の塒は桔梗屋なのか」

平兵衛が孫八に念を押した。

「桔梗屋とみていいようでさァ」

孫八によると、浅次は情婦のいる桔梗屋に泊まることが多いのではないかという。

「それなら、泉田を斬ろう。浅次を見張れば、他の仲間をつかめるからな」

平兵衛が言った。声は静かだったが、重いひびきがある。

「おれも、泉田は早く始末した方がいいと思うな」

右京は、泉田を生かしておくと、極楽屋に出入りする者の命をさらに狙うのではないかと言い添えた。

「泉田を殺ってもらえやすか」

島蔵が平兵衛と右京に目をやって訊いた。

「わしがやろう」

平兵衛が言うと、

「手伝わせてくれませんか」

と、右京が平兵衛に顔をむけて訊いた。

「右京、手を貸してくれ」

平兵衛が顔をひきしめて言った。

その後、平兵衛、右京、孫八の三人で、佐久間町にある泉田の塒を襲うことになった。また、勇次は手引き人として平兵衛たちを泉田の塒まで案内するという。

「それで、いつ、やります」

右京が訊いた。

「早い方がいいな。明日の夕暮れ時は、どうだ」

平兵衛は、近所の家が戸締まりをした後がいいと思ったのだ。

「あっしが、明日、塒に張り込んで、やつの動きを探りやすよ」

孫八が言った。

「そうしてくれ」

平兵衛と右京は、明日の手筈が決まると腰を上げた。


翌日、右京は朝餉を終え、まゆみが淹れてくれた茶を飲んでから腰を上げた。すこし早いが、平兵衛の住む庄助店にたちよってから極楽屋へ行くつもりだった。

右京が戸口で刀を差していると、まゆみがそばに来て、

「右京さま、今日はどちらへお出かけですか」

と、心配そうな顔をして訊いた。

ちかごろ、右京は出かけることが多く、しかも朝帰りのこともあった。右京はまゆみに、品川近くの旗本屋敷まで出稽古に行くので、品川宿の旅籠《はたご》に宿をとっていると話してあったが、まゆみはひとりで夜を過ごすこともあって心配でならないらしい。

「今日は、義父上《ちちうえ》と永山堂《えいさんどう》に行くつもりだ」

右京は嘘を言った。

永山堂は、日本橋《にほんばし》にある刀屋である。右京は刀好きで、名刀の蒐集家《しゅうしゅうか》ということになっていた。刀の研ぎ師である平兵衛の許に出入りしていたのも、平兵衛に刀研ぎを頼んだり、名刀の目利きをしてもらうためだとまゆみには話してあったのだ。いま、まゆみと住んでいる長屋に、それらしい刀は一振りも置いてなかったが、右京の実家に預けてあることになっていた。

「父上といっしょに」

まゆみが訊いた。表情がいくぶんなごんでいる。平兵衛といっしょと聞いて、すこし安心したのかもしれない。

「すこし、遅くなっても、今夜は帰るつもりだ」

「ねえ、父上と会ったら、お花見に行きましょう、と右京さまから話しておいてくださいます」

まゆみが、甘えるような声で言った。以前口にした梅見が、お花見になっている。

そういえば、梅の季節は過ぎている。

「話しておこう」

そう言い置いて、右京は外に出た。

右京は本所相生町の庄助店に立ち寄り、平兵衛とともに極楽屋にむかった。

極楽屋には、島蔵と嘉吉の他に勇次もいた。勇次が平兵衛たちを泉田の塒まで案内する手筈になっていたのだ。

「どうだ、孫八から何か知らせがあったか」

平兵衛が勇次に訊いた。

孫八は、朝から佐久間町に出向いて泉田の塒を見張り、何かあれば極楽屋に知らせに来ることになっていた。

「孫八さんは、もどってきやせん」

勇次が昂《たかぶ》った声で言った。これから、平兵衛たちと泉田を始末しにいくので、緊張しているらしい。もっとも、勇次は平兵衛たちを案内するだけである。

「そうか」

孫八が知らせにもどらないのは、泉田が佐久間町の仕舞屋にいるからであろう。平兵衛は陽が西の空にかたむくのを待って、佐久間町に向かおうと思った。

2

嘉吉が、平兵衛たちを極楽屋に近い仙台堀の桟橋から舟で佐久間町まで送ってくれた。仙台堀から大川に出て神田川を遡《さかのぼ》れば、佐久間町に出られる。

平兵衛たちが桟橋に下り立つと、

「こっちでさァ」

と勇次が言って、先にたった。平兵衛と右京がつづく。

嘉吉は、平兵衛たちを桟橋に下ろすと水押しをまわし、大川にむかった。極楽屋に帰るのである。

平兵衛たちは、いっとき神田川沿いの通りを湯島方面にむかって歩いてから右手の路地に入った。

孫八は路地沿いの樹陰にいた。枝葉を茂らせた椿《つばき》の樹陰に身をひそませ、斜向かいにある板塀をめぐらせた仕舞屋に目をやっている。

「旦那、あれが、泉田の塒でさァ」

孫八が仕舞屋を指差して言った。借家らしい家である。

「泉田はいるのか」

平兵衛が念を押すように訊いた。

「いやす」

孫八は、半刻（一時間）ほど前、板塀に身を隠して家のなかの様子をうかがったという。そのとき、泉田の声とおくにらしい女の声が聞こえたそうだ。

「踏み込むか」

平兵衛が路地に目をやって言った。路地は淡い夕闇に染まっていた。辺りに人影はなく、路地沿いの店屋も表戸をしめている。頃合である。

「泉田は、わたしにやらせてもらえますか。まだ、何もしてませんのでね」

右京が小声で言った。表情は変わらなかったが、目には強いひかりがあった。泉田と立ち合う気でいるようだ。

「頼む」

平兵衛は、右京にまかせようと思った。ただ、ふたりの立ち合いを見て、右京が後れをとるようだったら助太刀に入るつもりだった。

平兵衛たちは、足音を忍ばせて仕舞屋の戸口にむかった。

家のなかはひっそりとしていた。ただ、かすかに、障子をあける音や床を踏む音などが聞こえてきた。

「あっしは、裏手にまわりやす」

孫八が小声で言って、戸口を離れた。おくにが裏口から出てきたら、取り押さえる手筈になっていたのだ。

「入りますよ」

右京が引き戸をあけた。まだ、戸締まりはしてないらしく、引き戸は簡単にあいた。

狭い土間の先が座敷になっていた。そこに人影はなかった。狭い座敷で、火鉢と小簞笥《だんす》が置いてあった。火鉢に火は入《こ》ってないらしく、座敷はひんやりしていた。その座敷の先に障子がたててあり、奥にひとのいる気配があった。泉田はそこにいるらしい。

「だれか、いないか」

右京が声をかけた。

すると、障子の向こうで人の立ち上がる気配がし、

「何者だ！」

と、誰何《すいか》する声がひびいた。

障子があいて姿を見せたのは、大柄な武士と年増だった。泉田とおくにである。

「うぬら！　極楽屋の者だな」

泉田が声を荒らげた。

泉田の脇に立っているおくには蒼ざめた顔をし、不安そうな目で右京と平兵衛を見つめている。

「いかにも。……泉田、外で立ち合うか。それとも、家のなかで相手するか」

右京が抑揚のない声で訊いた。物言いは静かだが、泉田を見つめた目には、切っ先のようなするどいひかりがあった。

「ふたりがかりか」

泉田が顔をしかめて訊いた。右京と平兵衛が、ふたりがかりで斬りに来たと思ったのであろう。

「おぬしが立ち合うなら、わしは検分役をやろう」

平兵衛が言った。

「よかろう」

泉田は座敷の奥から大刀を手にしてもどると、腰に差した。腕に覚えがあるので、右京と立ち合う気になったようだ。

するとおくにがすがるように泉田のたもとをつかみ、

「お、おまえさん、この男たちは……」

と、声を震わせて訊いた。

「女にかかわりのないことだ。ここにいるのが嫌なら、裏から逃げろ」

泉田は突き放すように言うと、ゆっくりと戸口の方へ出てきた。

おくには逃げなかった。いや、身が竦《すく》んで逃げられなかったのである。おくには細い悲鳴のような声を洩らして、その場にへたり込んだ。

右京と泉田は戸口から出ると、板塀の脇の空き地で対峙《たいじ》した。空き地は雑草でおおわれていたが、丈の高い草や足にからまる蔓草《つるくさ》はないので、それほど足場は悪くなかった。

ふたりの間合は、およそ四間――。

まだ、ふたりは刀を抜かなかった。両手を下げている。平兵衛はふたりからすこし離れ、戸口近くにいた。右京と泉田の動きを見つめている。

「泉田、殺し人になったのは、いつからだ」

右京が訊いた。

「二年ほど前かな。百両の金で殺しを引き受けたのだ。そのとき、こんないい商売はないと思ってな」

泉田は隠さなかった。口許に薄笑いを浮かべながら左手で鍔元《つばもと》を握り、刀の鯉口《こいぐち》を切った。

「元締めはだれだ」

さらに、右京が訊いた。

「さァな。おぬしらの元締めが地獄の閻魔なら、おれたちの元締めは、闇の妖者《ばけもの》かもしれんな」

「闇にひそむ鵺か」

右京は鵺の十蔵のことを口にした。泉田の反応を見ようとしたのだ。

「たわごとは、ここまでだな」

言いざま、泉田が抜きはなった。刀身が定寸より長く、二尺七、八寸はありそうだった。身幅のひろい剛刀である。

すぐに、右京も抜き、ゆっくりとした動きで青眼《せいがん》に構えた。切っ先が、ピタリと泉田の目線につけられている。

対する泉田は八相《はっそう》に構えた。肘《ひじ》を高くとり、刀身を垂直に立てた。刀身が、夕闇のなかで、銀色《しろがねいろ》にひかっている。その大柄な体軀は長刀とあいまって、刀身が右京の頭上に迫ってくるような威圧感があった。

だが、右京はすこしも動じなかった。眠っているように目を細め、泉田の動きを見つめている。

3

「いくぞ!」

泉田の足元で、ザッ、ザッ、と雑草を分ける音がした。泉田が趾《あしゆび》で地面を摺るようにして間合をせばめ始めたのだ。

右京は動かなかった。気を静めて、泉田の動きと間合を読んでいる。

しだいにふたりの間合がせばまってきた。それにつれ、ふたりの全身に気勢が満ち、斬撃の気配が高まってきた。

辺りは時のとまったような静寂につつまれていた。泉田の足が雑草を分ける音だけが、ひびいている。

ふいに、泉田の寄り身がとまった。前に出た右足が、一足一刀の間境にかかっている。泉田は全身で剣気をはなち、斬撃の気配をみなぎらせた。気攻めである。気魄《きはく》で攻めて、右京の気を乱してから、斬り込もうとしているのだ。

右京も、青眼に構えたまま気で攻めた。

ふたりは、塑像のように動かない。気の攻防である。

そのとき、かすかに泉田の足元の雑草が揺れた。刹那《せつな》、泉田の全身に斬撃の気がはしった。

……くる！

察知した瞬間、右京も反応した。

タアッ！

トオッ！

ふたりの鋭い気合が、静寂を劈《つんざ》き、二筋の閃光がはしった。

泉田が八相から袈裟へ。

右京が青眼から真っ向へ。

刹那、二筋の閃光がふたりの眼前で合致し、青火が散り、甲高い金属音とともにふたりの刀身がはじき合った。

次の瞬間、ふたりは左右に跳びざま、ほぼ同時に二の太刀をはなった。

右京が刀身を横一文字に払い、泉田が逆袈裟に刀身を撥《は》ね上げた。一瞬の攻防である。ザクッ、と泉田の着物の脇腹が裂け、腹部があらわになった。

泉田の腹に血の線が横にはしり、血がふつふつと噴き出た。右京の切っ先が、泉田の腹を斬り裂いたのである。

一方の泉田の切っ先は、右京の肩先をかすめて流れた。泉田の刀は長かったが、右京の肩をとらえることができなかった。真横に払った右京と、袈裟に斬り下ろした泉田の切っ先の伸びの差である。右京はその伸びを見越して、横一文字に払ったのだ。

ふたりはすばやく後じさり、ふたたび青眼と八相に構え合った。

泉田の顔が苦痛にゆがみ、高くかざした刀身が揺れていた。あらわになった腹から流れ出た血が、着物と袴を赤く染めていく。

「おのれ！」

泉田が怒号を上げた。

「泉田、これまでだな」

右京が抑揚のない声で言った。かすかに顔が紅潮していたが、表情は変わらなかった。息の乱れもない。

「まだだ！」

一声叫び、泉田が間合をつめてきた。

ザザッ、と雑草が揺れ、踏みつぶされて倒れた。泉田は摺り足でなく、雑草を踏みながら迫ってきたのだ。しかも、気攻めも牽制《けんせい》もなく、斬撃の間合に踏み込むや仕掛けてきた。捨て身の攻撃である。

八相から袈裟へ。たたきつけるような斬撃だった。

間髪《かんはつ》をいれず、右京が右手に踏み込みざま、切っ先で首筋を狙って刀身を横に撥ね上げた。

ビュッ、と血が飛んだ。

泉田の首筋から血が赤い帯のように飛び、体が前によろめいた。

泉田は血を撒きながら泳ぎ、雑草に爪先をひっかけて頭から突っ込むように倒れた。

腹這いになった泉田は、四肢を動かして這おうとしたが、体は動かなかった。その背筋に、痙攣《けいれん》が二度はしった。

泉田はわずかに首をもたげて体を突っ張るような動きを見せたが、すぐにぐったりとなった。絶命したようである。

首筋から流れ落ちる血が叢《くさむら》を揺らし、カサカサとちいさな音を立てている。

右京は泉田の脇に立つと、刀身に血振《ちぶ》り（刀を振って血を切る）をくれ、静かに納刀した。そして、ひとつ大きく息を吐いた。すると、紅潮した右京の顔がふだんの白皙《はくせき》にもどり、目付きもおだやかになってきた。

「見事だな」

平兵衛が右京に歩を寄せて声をかけた。

「何とか、泉田を討てました」

右京が抑揚のない声で言った。

「女はどうなったかな」

平兵衛と右京は、戸口にもどると家のなかに入った。おくにと、裏手にまわった孫八がどうしたか、気になったのである。

孫八が、おくにのそばに立っていた。おくには蒼ざめた顔で、座敷にへたり込んでいる。

「孫八、帰るぞ」

平兵衛が声をかけた。

「この女は、どうしやす」

孫八が戸惑うような顔をして訊いた。

「そのままでいい。……泉田は立ち合いで敗れたのだ。どうということはあるまい」

平兵衛は、おくにが平兵衛たちのことを十蔵や篠塚に話してもかまわないと思った。どうせ、泉田の死体を見れば、平兵衛たちの手にかかったことは知れるのである。

「おくに、泉田のことは忘れるんだな」

そう声をかけて、平兵衛は戸口の敷居をまたいだ。

つづいて、右京と孫八も土間から外に出た。

外は濃い夕闇に染まっていた。どこかで、犬の遠吠えが聞こえた。辺りが静寂につつまれているせいか、天にひびくような鳴き声である。

4

「それで、浅次は動いたのか」

島蔵が、孫八に訊いた。

極楽屋の座敷に七人の男が集まっていた。島蔵、右京、朴念、孫八、嘉吉、勇次、猪吉である。

島蔵が四人の手引き人を集めたのだ。右京と朴念は、たまたま極楽屋にその後の様子を聞きにきていて、話にくわわったのである。

平兵衛や右京たちが、泉田を始末して四日経っていた。島蔵は平兵衛たちから、泉田を斃したことを聞くと、すぐに手引き人たちを集めて二か所に張り込むように指示した。浅次の情婦のいる小柳町の桔梗屋と、泉田が情婦と暮らしていた佐久間町の仕舞屋である。島蔵は浅次と佐久間町にあらわれる仲間の跡を尾け、鶉の十蔵と篠塚の塒をつきとめようとしたのだ。

「へい、桔梗屋から出たんで、勇次とふたりで尾けたんでさァ」

孫八によると、浅次は小伝馬町《こでんま》の勘兵衛店《かんべえだな》という長屋に入ったという。

孫八と勇次は長屋に入り込み、浅次が入った家を確かめた。そして、浅次が長屋を出た後、住人から話を聞くと、浅次が会ったのは弥三郎《やさぶろう》という男だった。

弥三郎は大工という触れ込みで長屋に住んでいたが、仕事に行かず、家でぶらぶらしていることが多いという。そのくせ、金まわりがいいようで、岡場所や料理屋などにも行くことがあるそうだ。

「そいつは、盗人だな」

島蔵が低い声で言った。

「あっしも、そうみやした」

「それで、年格好は」

「四十がらみじゃァねえかと」

「鶉の十蔵の手下かもしれねえな」

島蔵は、弥三郎が盗人らしいことと年配なので、十蔵の子分と思ったらしい。

「へい」

孫八が答えると、そばにいた勇次もうなずいた。

「弥三郎を尾ければ、十蔵の塒が分かるかもしれねえぞ」

島蔵が大きな目をさらに瞠いて言った。牛の目玉のようである。

「あっしと勇次とで、しばらく弥三郎を張ってみやすよ」

孫八が言った。

「そうしてくれ」

島蔵は、猪口の酒を飲み干した後、

「嘉吉の方はどうだい」

と言って、嘉吉と猪吉に目をやった。

「ひとり、泉田の仲間らしいのがあらわれたんですがね。うまくまかれちまったんでさァ」

嘉吉と猪吉が、話したことによると、ふたりで泉田の家の近くの樹陰で見張っていたという。

おくには、家を出ていったきりもどらなかったが、一昨日の夕方、鳶か屋根葺き職人と思われる男があらわれた。腰切半纏に黒股引姿で、手ぬぐいで頬っかむりしていた。顔は見えなかったが、いかにもすばしっこそうである。

男は、仕舞屋の戸口に立つと周囲に目をやり、だれもいないのを確かめてから戸をあけてなかに入った。他人《ひと》の目を警戒しているようである。

嘉吉たちは男の跡を尾けようと思い、出てくるのを待っていた。

男はなかなか家から出てこなかった。戸口から姿を見せたのは、半刻（一時間）ほど過ぎてからである。

「猪吉、尾けるぜ」

まず、嘉吉が樹陰から出て男の跡を尾け始めた。猪吉は、嘉吉から十間ほど距離をとって跡を尾けた。ふたりいっしょより、ときどき入れ替わった方が尾行に気付かれないと踏んだのである。

だが、嘉吉と猪吉は男の姿を見失った。

佐久間町の路地から神田川沿いの通りに出た男は、左手におれて柳橋の方へむかった。そして、和泉橋のたもとまで来ると、急に小走りになり、橋を渡り始めた。

そのとき、前にいた嘉吉は慌てて橋にむかって走った。男が橋のなかほどを過ぎると、その姿が見えなくなったのだ。

嘉吉は橋を渡り終え、たもとから柳原通りの左右に目をやったが、男の姿はなかった。

……あそこだ！

男が、柳原通りから左手の通りに走り込むところだった。

嘉吉も、走った。男が入った通りまで来たが、男の姿はなかった。通りはいくつかの路地と交差している。男は、どこかの路地に走り込んだらしい。

嘉吉は路地と交差しているところまで走って、路地の左右に目をやったが、男の姿はなかった。そこは細い路地で、半町ほど行った先で、また別の路地と交差している。

嘉吉は足をとめた。

……まかれた！

と、気付いた。男は嘉吉たちが尾行していることを察知し、路地の入り組んだ場所に走り込んでまいたのである。

嘉吉は猪吉と手分けして、近くの路地をあたったが、男の姿を見つけることはできなかった。

「それっきり、泉田の家に近付く者はいねえんで」

嘉吉がくやしそうな顔をして言った。

「はじめから、泉田の家は見張られていると気付いていたのかもしれねえ。……むこうもただの鼠《ねずみ》じゃァねえからな」

島蔵が嘉吉と猪吉に目をやり、なぐさめるように言った。

それから、島蔵や嘉吉たちは、浅次と弥三郎を手分けして尾ける相談を始めた。

「元締め、浅次と弥三郎を始末するときがきたら知らせてくれ」

そう言って、右京は腰を上げた。泉田を斬った後の様子は分かったし、あとは島蔵と手引き人にまかせようと思ったのだ。

すでに、暮れ六ツ（午後六時）を過ぎていた。そろそろ暗くなる。右京は、遅くならないうちに、まゆみの待っている岩本町の長屋に帰ろうと思った。

「おれも、帰るか」

朴念も立ち上がった。

極楽屋の外は濃い夕闇に染まっていた。風があり、店の脇にひろがっている空き地に繁茂した芒《すすき》や葦などが、ザワザワと揺れていた。

「片桐の旦那、すこし飲みたりないな」

朴念が、右京と肩を並べて歩きながら言った。朴念は奥の座敷に入る前、極楽屋に寝泊まりしている男たちと店で飲んでいたのだ。その酒が、醒《さ》めてきたようである。

「途中、飲む店はないのか」

右京は、仙台堀沿いの通りに出る路地を歩きながら訊いた。

「あるよ。冬木《ふゆき》町にうまい酒を出す店があるのだ。寄ってくかい」

朴念がにやりとして言った。

冬木町は亀久橋を渡った先である。半年ほど前、朴念は冬木町にある古い借家をみつけてそこに住むようになったのだ。

「またにしよう」

右京は、これから朴念と飲んだら岩本町まで帰れなくなると思った。

5

右京と朴念は、亀久橋のたもとまで来た。

朴念は右京に声をかけ、橋の方にむかった。冬木町は仙台堀の対岸にあり、右京とはここで分かれるのだ。

「またな」

ふいに、朴念の足がとまった。男がふたり、小走りに橋を渡ってくる。

牢人体の男と町人だった。牢人は総髪で、痩せている。町人は黒の腰切半纏に黒股引、草鞋《わらじ》履きだった。川並のような恰好である。手ぬぐいで、頬っかむりしていた。

ふたりの身辺に殺気がある。

「おい！　やつら、おれたちを襲う気だぞ」

朴念が声を上げた。

「前からもくる」

右京が、言った。

前方から別の男がふたり、小走りに近付いてきた。ひとりは町人で、もうひとりは大柄な武士である。

町人は遊び人ふうだった。棒縞《ぼうじま》の小袖で、裾高に尻《しり》っ端折《ぱしょ》りしていた。手ぬぐいで頬っかむりしている。武士は一目で徒牢人《いたずらろうにん》と分かる風体をしていた。月代《さかやき》と無精髭が伸び、黒鞘の大刀を一本落とし差しにしている。

「挟み撃ちにする気だ！」

朴念は、すばやく懐に手をつっ込んで革袋を取り出した。手甲鈎が入っている。

「朴念、岸に寄れ！」

右京はすぐに堀際に走り、仙台堀を背にして立った。相手は四人である。背後にまわられるのを防ごうとしたのである。

朴念も堀際に身を寄せ、すばやく手甲鈎を右手に嵌《は》めた。

ばらばらと、四人の男が走り寄ってきた。ふたりの町人は、匕首を手にしていた。牢人ふたりは、まだ抜刀していない。

右京の前に総髪の牢人が立ち、左手に川並のような恰好の町人が、すばやい動きでまわり込んできた。

牢人は刀の柄に右手を添えたまま、右京に目をむけていた。細い目が、夕闇のなかでうすくひかっている。蛇《くちなわ》を思わせるような目である。

「おぬし、篠塚権十郎か」

右京は、牢人の風体や体付きなどから死神と呼ばれている篠塚だと確信した。平兵衛から篠塚のことを聞いていたのである。

「…………」

篠塚は無言だった。細い口許に薄笑いを浮かべただけである。

左手にまわった町人は、匕首を顎のあたりに構え、すこし腰をかがめていた。そのまま飛びかかってくるような身構えである。この男は弥三郎だった。このとき、右京は町人が弥三郎かどうか分からなかった。

「いくぞ!」

篠塚が抜刀した。

右京も抜き、すぐに切っ先を篠塚にむけた。

篠塚は青眼に構えた刀身を下げ、切っ先を右京の下腹あたりにつけた。下段にちかい構えである。

……この構えか!

右京は、平兵衛から篠塚の構えを聞いていたのだ。

篠塚と右京の間合は、およそ四間――。まだ、遠間《とおま》である。弥三郎との間合は、三間半ほどだった。身辺に、いまにも飛び込んでくるような気配がある。

篠塚が足裏を摺るようにして間合をせばめ始めた。

……手練《てだれ》だ！

と、右京は察知した。

篠塚の構えは腰が据わり、隙がなかった。下腹につけられた切っ先には、槍先が迫ってくるような威圧感があった。

篠塚はジリジリと間合をつめてきた。間合がせばまるにつれ、篠塚の全身に気勢がみなぎり、斬撃の気配が高まってきた。

篠塚の動きに呼応するように、左手の弥三郎も動いた。匕首を構えたまま、右京との間合をせばめてくる。獲物に飛びかかろうとしている獰猛《どうもう》な獣のようである。

右京は、この町人もあなどれないと思った。弥三郎には、こうした修羅場をくぐって生きてきた者特有の凄みがあった。

一方、朴念は大柄な牢人と対峙していた。牢人は青眼に構えて、切っ先を朴念にむけていたが、やや剣尖が高かった。それほどの遣い手ではないらしいが、牢人の顔にはふてぶてしさがあった。こうした闘いの場を何度も踏んでいるのだろう。

もうひとり、遊び人ふうの町人は朴念の右手にまわり込み、匕首を構えていた。町人にも、怯えや恐怖の色はなかった。喧嘩慣れした男らしい。

朴念は手甲鈎を振り上げて身構えていた。朴念の顔がこわばっている。牢人が遣い手でなくても、朴念にとっては強敵だった。手甲鈎で、刀と匕首を手にしたふたりの敵と闘わねばならない。手甲鈎は複数の敵に脇や背後から攻められると、威力が半減するのだ。

右京は、すこしずつ右手に動いた。篠塚が斬撃の間合に踏み込む前に、弥三郎との間合をひらこうとしたのだ。

右京の動きに合わせ、篠塚も左手に動いた。弥三郎もひらいた間合をつめてくる。三人の間で、斬撃の気配が高まってきた。

このとき、ふたりの男が、仙台堀沿いの道を亀久橋の方に歩いてきた。ふたりは吉《きち》助《すけ》と豊松《とよまつ》という日傭取りで、極楽屋を塒にしている。本所の相生町の普請場で一日の仕事を終え、極楽屋へ帰るところだった。

「お、おい、斬り合いだぞ！」

吉助が声を上げた。

一町ほど先の亀久橋の近くで、刀を手にして向かい合っている人影が見えた。夕闇のなかに刀身が、銀色《しろがねいろ》に浮き上がったように見える。

「片桐の旦那！」

豊松が言った。

「朴念さんもいるぞ」

「ど、どうする。四人にとりかこまれているぞ」

豊松の目に、右京と朴念が追いつめられているように映った。

「親爺さんに、知らせるんだ」

吉助が目をつり上げて言った。

ここから極楽屋まで遠くなかった。極楽屋から、男たちを呼んでくる間はあるかもしれない。ふたりは、すぐに駆けだした。

ふたりは亀久橋の手前までくると、左手の路地に入った。路地をたどって右京たちが闘っている先に出るのである。

6

「お、親爺さん、大変《てえへん》だ！」

吉助が極楽屋に飛び込みざま、声を上げた。豊松は足が遅いため、まだ戸口までたどりつかなかった。ハアハアと、荒い息を吐きながら走ってくる。

店のなかには、島蔵をはじめ手引き人たちが集まって話していた。

「どうした、吉助」

島蔵が腰を浮かせて訊いた。嘉吉たち四人の手引き人も、いっせいに吉助に顔をむけた。

「か、片桐の旦那と、朴念さんが、あぶねえ」

吉助が、喘ぎ声を上げながら言った。

「どうしたのだ」

「襲われていやす！　四人に」

「なに！　場所はどこだ」

島蔵が、勢いよく立ち上がった。その拍子に、腰掛けていた空き樽が倒れて土間に転がった。

「亀久橋の近くで」

「近え《ちけ》！　おい、行くぞ」

島蔵は慌てて飛び出そうとしたが、足をとめ、吉助、奥の連中も連れてこい、と怒鳴り、戸口の隅に置いてあった心張り棒をつかんだ。

嘉吉たち四人も戸口に走り、吉助は店の奥へむかった。嘉吉たちが、外に飛び出そうとしたところに、豊松がよたよたと走り寄った。

「豊松、吉助といっしょに来い！」

と、島蔵が声をかけ、そのまま駆けだした。嘉吉たち四人がつづく。

極楽屋の外は淡い夜陰につつまれていた。東の空に十六夜の月が出ていて、辺りを淡い青磁色のひかりで照らしている。

島蔵たち五人は、仙台堀沿いの道に出ると亀久橋の方へ走った。遠方で、かすかに気合と剣戟《けんげき》の音が聞こえた。


このとき、右京は篠塚と対峙していた。着物の左の袖が裂け、二の腕にかすかに血の色があった。篠塚と一合し、切っ先をあびていたのだ。

右京は青眼に構えていた。対する篠塚は下段にちかい構えで、切っ先を右京の下腹につけている。

……次はかわせぬ！

と、右京は思った。

篠塚は異様な剣を遣った。下段にちかい構えから斬撃の間合に入ると、右京の手元に突き込むように籠手《こて》をみまい、右京が身を引いてかわした瞬間、突き込んだ体勢のまま切っ先を撥ね上げてさらに籠手を斬ってきたのだ。その二の太刀が、連続技のように迅《はや》い。右京はかわせず、右の二の腕を斬られたのである。ただ、深手ではなかった。浅く皮肉を裂かれただけである。

「妙な剣を遣うな」

右京が訊いた。

「突籠手《つきごて》……」

篠塚がつぶやくような声で言った。

「突籠手だと」

どうやら、籠手斬りの太刀は、突籠手と呼ぶらしい。篠塚が工夫して身につけた技であろう。右京は初めて耳にする技名だった。

「おれの突籠手は、かわせぬ。籠手の次は、頭を斬り割る」

そう言って、篠塚が口許に薄笑いを浮かべた。

だが、右京にむけられた双眸は笑っていなかった。細い目が切っ先のようにひかっている。

右京はこのままでは、斬られる、と思った。篠塚が籠手にくることは分かったが、かわすのはむずかしい。右京は、篠塚が籠手斬りを仕掛けられないようにするしかないとみた。そのためには、動きながら闘うしかない。

イヤアッ！

突如、裂帛《れっぱく》の気合を発し、右京が摺り足で間合をつめた。俊敏な寄り身である。一気に斬撃の間境に迫り、篠塚が籠手をはなつ前に仕掛けようと思った。

すぐに、篠塚の全身に斬撃の気配がはしった。

右京は斬撃の間境に迫るや否や仕掛けた。

踏み込みざま、袈裟へ。

間髪をいれず、篠塚の体が躍り、切っ先が槍穂のように前に突き出された。

刹那、右京の切っ先は篠塚の着物の肩先をとらえた。

篠塚の籠手も、右京の右の前腕をかすめた。

次の瞬間、篠塚が切っ先を撥ね上げた。神速の二の太刀である。

咄嗟に、右京は身を引いて篠塚の切っ先をかわした。右京には、篠塚の籠手から籠手への連続技の太刀筋が分かっていたのだ。

だが、すかさず篠塚の体が躍り、

タアアッ！

と、裂帛の気合がひびき、刀身が右京の眼前に閃光をはなって袈裟にはしった。

迅い！

篠塚が、三の太刀を真っ向へ斬り込んできたのだ。一瞬の斬撃である。

咄嗟に、右京は上体をひねるように後ろに倒し、篠塚の斬撃をかわそうとしたが、間にあわなかった。

ザクリ、と右京の右肩から胸にかけて着物が裂け、焼き鏝《ごて》をあてられたような衝撃がはしった。肩と胸から血が迸《ほとばし》り出ている。右京が上体をひねりながら引いたため、真っ向への斬撃が右の肩に入ったのだ。

右京は、すばやく後じさった。足腰に異常はない。右京は篠塚との間合を大きくとると、あらためて青眼に構えた。

だが、まともに構えられなかった。刀身が笑うように揺れている。右腕が自在に動かないばかりか、全身に力が入り、身が硬くなっているのだ。

……斬られる！

右京の胸に恐怖が衝《つ》き上げてきた。篠塚がさらに仕掛けてきたら、かわすことはできない。

右京は青眼に構えたまま後じさった。踵《きびす》が仙台堀の岸際に迫っている。

そのときだった。数人の足音が聞こえ、「あそこだ！」という叫び声がひびいた。島蔵の声である。極楽屋から駆け付けたらしい。

すぐに足音が大きくなり、「助けにきたぞ！」「殺っちまえ！」などという男の叫び声が聞こえた。なかに、匕首を手にしている者もいるらしく、夜陰のなかで皓《しろ》く浮き上がったように見えた。

それだけではなかった。島蔵たちの背後に、さらに数人の男たちの姿が見えた。やはり、極楽屋を塒にしている男たちである。

篠塚の顔に、戸惑うような表情が浮いた。

「極楽屋の連中だ！」

弥三郎が叫んだ。

すると、篠塚が刀身を下げ、

「片桐、命拾いしたな」

と小声で言い、納刀した。

「引け！」

篠塚が他の三人に声をかけ、反転して小走りにその場から離れた。

弥三郎たち三人も、篠塚の後を追うように駆けだした。

右京は刀を下げたまま朴念に目をやった。

朴念は、低い唸り声を上げて夜陰のなかにつっ立っていた。着物の肩先や腕が裂け、血に染まっている。朴念も、敵刃を浴びたようである。ただ、しっかり立っているので、致命傷は負っていないようだ。

そこへ、島蔵をはじめ、手引き人たちが駆け寄ってきた。

7

腰高障子から、ぼんやりとした灯が戸口に落ちていた。まゆみは起きているらしい。右京は嘉吉と孫八に送られ、岩本町の長兵衛店に帰ってきたのだ。

右京は亀久橋のたもとで篠塚たちに襲われた後、島蔵たちとともに極楽屋にもどり、島蔵に傷の手当てをしてもらった。

右京は右肩から胸にかけて深く斬られていた。ただ、右腕は動くので、骨や筋に異常はないようだった。

島蔵は右京の出血を押さえるために、折り畳んだ晒に金創膏をひろく塗って傷口にあてがい、さらに晒を幾重にも巻いて強くしばった。島蔵は、こうした傷の手当てに慣れていたので手際がいい。

朴念も腕や肩に複数の傷を負っていたが、どれも浅手だった。

島蔵は右京の手当てが済んだ後、

「体を動かさないことだな。まァ、死ぬことはあるまいが」

そう言って、右京に極楽屋に泊まるよう勧めた。

「いや、帰ろう。……たいした傷ではないからな」

右京は、まゆみに今夜は帰ると言ってあったので、帰らなければ心配するだろうと思った。それに、歩くのには支障ないので、肩を動かさないようにすれば帰っても大事にはならないとみたのである。

「どうしても帰るなら、嘉吉と孫八に送らせやしょう」

島蔵はふたりに右京を舟で送るように話した。

そうした経緯があって、右京は孫八たちと長兵衛店に来ていたのだ。

右京は戸口の近くで、足をとめ、

「すまんな、家まで送らせてしまって」

と、嘉吉と孫八に声をかけた。

「片桐の旦那、あっしらは、これで……」

孫八がそう言い、嘉吉とふたりで帰っていった。

右京が、腰高障子をあけると、座敷に座しているまゆみの姿が見えた。行灯の近くで、繕《つくろ》い物をしていたらしい。行灯の灯に浮かび上がったまゆみの顔に、不安そうな翳《かげ》が張り付いている。

まゆみは腰高障子をあける音を耳にしたらしく、顔を上げて右京に目をむけた。

「右京さま！」

まゆみの顔をおおっていた暗い翳が拭いとられたように消え、ほっとしたような表情が浮いた。

まゆみは、繕っていた着物を脇に置くと、いそいで立ち上がった。その足がふいにとまり、顔がこわばった。

「お怪我を！」

まゆみは、右京の着物の肩先が裂け、黒ずんだ血に染まっているのを目にしたのだ。

「大川端で、辻斬りに襲われたのだ。……なに、たいした傷ではない」

右京は照れたように言い、左手で刀を鞘ごと抜いて座敷に上がった。

「すぐに、手当てをしないと……」

まゆみは心配そうな顔で、右京から刀をあずかった。

「いや、それがな。近くにあった店の者が、親切にも手当てしてくれたのだ。……ほら、このとおり」

右京は襟をひろげて、巻いてある晒を見せた。極楽屋のことは、口にできなかったのである。

まゆみは、右京の刀を手にしたまま驚いたような顔をして立っている。

「それで、こんなに遅くなってしまったのだ」

「夕餉は？」

まゆみが、刀を座敷の隅の刀掛けに掛けながら訊いた。

「遅くなったのでな。帰りがけに、そば屋で食ってきた。すこし、疲れた。休ませてもらっていいかな」

右京は、まだ傷が痛んだのである。

「す、すぐに……」

まゆみは、慌てて枕屏風の陰に畳んである夜具をひろげ始めた。

翌日、右京は長屋から出なかった。傷口がひらいて出血しないように、安静にしていたのである。

陽が西の空にまわったころ、平兵衛が訪ねてきた。

「近所の者に、右京が怪我をしたと聞いたのでな。様子を見にきたのだ」

平兵衛はそう言ったが、おそらく嘉吉か孫八がことの次第を平兵衛に知らせたにちがいない。

「ひどい目に遭いました。物陰に隠れていた牢人ふうの男が、いきなり斬りかかってきたのですから」

右京が困惑したような顔をして話した。

「右京の懐を狙ったとは思えんな。右京が剣の達者と知っていて、腕試しでもするつもりだったのではないかな」

平兵衛も話を合わせた。

「しばらく、剣術の指南は休みです」

「仕方あるまい。まァ、家を留守にすることが多いのだから、こんなときはまゆみと水入らずで過ごすんだな」

平兵衛が口許に笑みを浮かべて言った。

まゆみは平兵衛に茶を淹れるために土間の流し場にいたが、振り返って平兵衛に目をむけた。

「父上ったら……」

まゆみは小声で言い、頰をかすかに赤らめた。まゆみには、まだ新婚当時の初々しさが残っているようだ。

その後、小半刻（三十分）ほどして、まゆみが夕餉の惣菜を買いに家から出ると、

「それで、相手は篠塚だそうだな」

平兵衛が低い声で訊いた。

「はい、突籠手と称する技を遣いました」

「突籠手とな」

平兵衛は、知らないらしく首をひねった。

「まず、突き込むように籠手をねらってきます」

右京は、立ち合ったときの様子と篠塚の太刀捌きを話した。

「やはり、篠塚は容易ならぬ相手だな」

平兵衛の顔がきびしくなった。双眸がうすくひかっている。人斬り平兵衛と恐れられた殺し人の顔である。

「それに、相手は四人でした」

右京が、篠塚の他に町人ふたりと大柄な牢人がいたことを言い添えた。

「その三人も、十蔵の手先とみていいな」

「わたしも、そうみました」

右京が小声で言った。

「容易な相手ではないが、早く始末しないと、これからも吉左衛門や極楽屋の者たちを狙ってくるぞ」

「…………」

右京は無言のままうなずいた。

いっとき、ふたりは戸口近くの座敷に腰を下ろしたまま黙考していたが、

「ところで、右京、これを機に、しばらく殺しの仕事から離れたらどうだ」

平兵衛が、右京に目をやって言った。顔から殺し人らしい表情が消え、ふだんの温和そうな老爺の顔にもどっている。

平兵衛は、まゆみのためにも右京が殺し人の足を洗うことを望んでいた。それに、いつまでも殺し人であることを隠しとおせるはずはないのだ。

「これでは、しばらく殺しの仕事はできませんよ」

右京は左手で右肩を撫でながら言った。顔に、困惑の色が浮いている。

第五章　古手屋

1

淡い西陽が路地を照らしていた。風のない静かな雀色時《すずめいろどき》である。

路地沿いには、八百屋、魚屋、舂米屋、下駄屋など、日々の暮らしに必要な物を売る小店や表長屋などが軒を連ね、ぽつぽつと人影があった。長屋住まいの女房、遊びから帰る子供、ぼてふり、風呂敷包みを背負った行商人などが行き交っている。

孫八と勇次は、下駄屋の脇に植えてあった八つ手の陰にいた。ふたりは樹陰から長屋につづく路地木戸に目をむけていた。長屋は弥三郎が住んでいる勘兵衛店である。

孫八たちは、弥三郎が長屋から出るのを待っていた。跡を尾けるためである。孫八たちは長屋に来てすぐ、弥三郎がいることだけは確認してあった。

孫八たちがこの場に身を隠して小半刻（三十分）ほど経つが、まだ弥三郎は姿を見せなかった。

孫八は風呂敷包みを背負って、菅笠をかぶっていた。勇次は黒の半纏に股引姿で、手ぬぐいで頰っかむりしている。ふたりは、見咎められないように、長屋ではよく目にする行商人と居職の職人らしい恰好をしてきたのだ。

「長屋に入《へえ》って見張るか」

孫八が、小声で言った。

樹陰といっても、長く隠れていることはできなかった。路地から覗けば見えてしまう。下駄屋の者や路地を通りかかった者に気付かれる恐れがあった。

「弥三郎の家の近くに、身を隠せる場所があるかもしれやせんぜ」

勇次が言った。

「そうだな」

孫八たちは、八つ手の陰から路地に出た。

長屋につづく路地木戸をくぐると、突き当たりに井戸があった。井戸端に、長屋の女房らしい女がふたりいた。水汲みにきたらしく、手桶を提げている。

井戸の脇に、子供が三人いた。四、五歳と思われる男児で、小石を手にして地面に何か描いている。

孫八と勇次は、長屋に用があって来たような振りをして長屋の棟の間に入り込んだ。そこは、弥三郎の家のある棟の前の路地である。

井戸端にいた女房らしい女が、孫八たちに目をむけたが、不審そうな顔をしなかった。孫八たちが、ふだん長屋に出入りする男のような格好をしていたからであろう。

「孫八さん、あそこに稲荷《いなり》がありやす」

勇次が指差した。

棟の奥にちいさな稲荷があった。稲荷の脇に椿《つばき》がこんもりと枝葉を茂らせていた。その陰にまわれば、身を隠して弥三郎の家の戸口が見張れそうである。

孫八たちは椿の陰に身を隠した。いっときすると、暮れ六ツ（午後六時）の鐘が鳴り、椿の陰や長屋の軒下などに淡い夕闇が忍び寄ってきた。

時とともに辺りは暗くなり、長屋の家々に灯《ひ》が点りだした。長屋はけっこう喧《やかま》しく、腰高障子をあけしめする音、亭主のがなり声、赤子の泣き声、母親が子供を叱る声などが、あちこちから聞こえてくる。

孫八たちは長屋が夜陰につつまれるまで、その場に身をひそめていたが、弥三郎は姿を見せなかった。弥三郎の家の腰高障子の破れ目から灯が洩れているので、家にはいるはずである。

「今日は、これまでだな」

孫八が言った。これ以上見張りをつづけても、弥三郎は家から出てこないとみたのである。

ふたりは樹陰から出ると、長屋の軒下や芥溜《あくただまり》の陰などに身を寄せながら長屋から出た。


翌日も、ふたりは陽が沈むころに稲荷の椿の陰に来て弥三郎を見張った。弥三郎は暮れ六ツの鐘が鳴った後、家を出たが、向かった先は近くにあった一膳めし屋だった。弥三郎は一膳めし屋で半刻（一時間）ほど飲み食いしてまた家にもどってしまった。


弥三郎が動いたのは、孫八たちが見張るようになって三日目だった。その日、弥三郎は、陽が家並の向こうに沈む前に家を出た。紺の半纏に股引姿だった。大工のような恰好をしている。大工という触れ込みで長屋に住んでいるらしいので、出歩くときはそれらしい恰好をするのであろう。

「勇次、尾けるぜ」

孫八は、弥三郎の姿が遠ざかってから椿の陰を出た。

「また、一膳めし屋ですかね」

「ちがうな」

孫八は、夕めしにはすこし早いと思った。それに、弥三郎の歩く姿に、昨日夕めしを食いに出かけたときとちがって緊張した雰囲気があるのを見てとった。

弥三郎は長屋の路地木戸を出ると、表通りの方に足をむけた。昨日、一膳めし屋に出かけたときとは反対方向である。

孫八たちは、弥三郎から半町ほど距離をとって慎重に尾けた。弥三郎には尾行者を警戒して歩いているような節があったのだ。

孫八たちは、弥三郎が振り返って目にとめたとしても不審を抱かれないような恰好をしていたが、弥三郎は盗人である。常人とはちがう目を持っているかもしれない。

弥三郎は小伝馬町から亀井《かめい》町に出ると、東に足をむけた。そして、浜町《はまちよう》堀沿いの道に入り、南にむかった。

浜町堀沿いの道には、ちらほら人影があった。仕事帰りのぼてふりや職人などが足早に歩いている。

夕陽が浜町堀の水面を照らし、にぶい陽の色を映して揺れていた。淡い夕陽のなかを、荷を積んだ猪牙舟がゆっくりと大川の方へむかっていく。

「やつは、どこへ行く気ですかね」

勇次が小声で訊いた。

「分からねえ」

そう言ったが、孫八は弥三郎が仲間のだれかと接触するとみていた。

弥三郎は浜町堀にかかる千鳥《ちどり》橋を渡り、町家のつづく通りに入った。そこは、日本橋橘《たちばな》町である。

孫八たちは足を速めた。弥三郎が入った通りは人影が多く、見失う恐れがあったのだ。弥三郎は町家のつづく町筋をいっとき歩いてから、右手の路地に入った。そこは、寂しい通りで小店や仕舞屋が多く、空き地や笹藪なども目についた。

弥三郎は、その辺りでは大きな店屋の前に足をとめた。そして、周囲に目をやってから店に入った。古い感じのする店で、店先に甕《かめ》、釜、瀬戸物の壺《つぼ》などが置いてある。いずれも、古物らしい。

孫八たちは通行人を装って、店の前を通り過ぎた。店のなかには、古着らしい物がびっしりとかかっていた。古着を多く扱っているらしい。

弥三郎の姿は見えなかった。なかは暗く、はっきりしなかったが、客はいないようだった。陰気な感じのする店である。

「古手屋だな」

孫八が、古手屋から半町ほど離れたところで言った。

「弥三郎は、古着でも買いに来たんですかね」

勇次が小声で言った。

「そうじゃァねえな。やつが、出てくるのを待つか」

孫八たちは、古手屋の斜向かいの笹藪の陰に身を隠した。空き地の隅に、笹が繁茂しており、身を隠すにはちょうどよかった。

陽が沈み、あたりが薄暗くなってきたとき、弥三郎が古手屋から出てきた。風呂敷の包みを手にしている。古着でも包んであるような感じだった。だれが見ても、古着を買って店から出てきたと思うだろう。

「やつの跡を尾けやすか」

勇次が訊いた。

「尾けなくていい。やつは、小伝馬町の塒に帰るだけだろうよ」

途中、寄るとすれば、飲み屋か一膳めし屋だろうと思った。

弥三郎が店から出た後、奉公人らしい男がふたり、店先に並べてあった瀬戸物や甕などを店内にしまい始めた。店仕舞いするのだろう。

孫八たちは、古手屋が店仕舞いを終えてから通りに出た。

「勇次、明日だ。古手屋が気になる」

孫八は、古手屋が十蔵一味にかかわっているような気がした。

2

「政五郎《まさごろう》ですか」

吉左衛門が、首をひねりながら言った。

一吉の二階の奥の座敷だった。吉左衛門、島蔵、孫八、勇次の四人がいた。

昨日、孫八と勇次は、あらためて日本橋橘町に足を運び、弥三郎が入った古手屋の近くで聞き込みをした。その結果、古手屋のあるじの名は政五郎で、十数年前に古手屋を居抜きで買い取り、そのまま商売をつづけていることが知れた。また、政五郎は老齢で、還暦にちかいそうだ。古手屋には奉公人がふたりいて、四十がらみの繁造《しげぞう》と竹助《たけすけ》という男らしい。

孫八と勇次は古手屋についてひととおり探ると、極楽屋にもどって島蔵に話した。

すると、島蔵はいっとき思案していたが、

「肝煎屋なら、見当がつくかもしれねえ。明日にも、一吉に行ってみるか」

そう言って、孫八たちを連れて一吉に来ていたのである。

「政五郎が、十蔵かもしれねえ。還暦にちかい歳なら、十蔵とは合うが……」

吉左衛門は語尾を濁した。はっきりしないのだろう。

「おれも、十蔵が古手屋を隠れ蓑《みの》にして住んでいるとみたのだがな」

島蔵が大きな目をひからせて言った。

「たしかに、鶉の十蔵らしい身の隠し方だ。それに、古手屋なら子分たちが出入りしても不審をもたれないからな」

吉左衛門はいっとき腕組みして考え込んでいたが、

「おれを、その古手屋に連れていってもらえないかね」

と、低い声で言った。

吉左衛門の顔が変わっていた。盗人だったころの剽悍そうな顔付きになっている。

「肝煎屋が、古手屋に行ってどうするんだ」

島蔵が驚いたような顔をして訊いた。

「いや、店には入らないよ」

吉左衛門が小声で話したことによると、盗人には盗人の臭いがあり、何年経っても体のどこかに染み付いているそうである。まして、鶉の十蔵ほどの者なら、簡単には消せないはずだという。

「政五郎を見れば、分かるというわけか」

島蔵が言った。

「政五郎が十蔵かどうかははっきりしねえが、盗人だったかどうかは分かるだろうよ」

吉左衛門は、政五郎が盗人だとすれば、弥三郎と会っていたことからみても、十蔵とみなしてもいいのではないかと言い添えた。

「よし、肝煎屋の旦那に、政五郎の面《つら》を拝んでもらおう」

島蔵が声を大きくして言った。


翌日、孫八と島蔵が一吉の裏手に姿を見せた。孫八は勇次とふたりで吉左衛門を古手屋の近くまで連れて行くつもりだったが、島蔵が、

「おれも行く。鶉の十蔵の面を拝んでみてえからな」

と言い出し、勇次を極楽屋に残してふたりで来たのである。

孫八と島蔵は、十蔵一味に気付かれないように身装を変えていた。孫八は前と同

じ、菅笠をかぶり、風呂敷包みを背負って行商人ふうの恰好をしていた。

島蔵は継ぎ当てのある腰切半纏に汚れた股引を穿き、手ぬぐいで頰っかむりしていた。普請場で働く日傭取りのような恰好である。極楽屋を塒にしている男から借りて着たのだ。すぐに、一吉の背戸があいて、吉左衛門が姿を見せた。吉左衛門も身装を変えていた。黒の半纏に股引姿で、道具箱を担いでいた。料理屋のあるじには見えない。大工のようである。

「待たせたかな」

吉左衛門が、口許に笑みを浮かべて言った。ふだんとちがって、いくぶん高揚しているようである。身装を変えたことで、むかし盗人だったころのことでも思い出したのかもしれない。

「道具箱には何か入っているのかい」

歩きながら、島蔵が訊いた。

「匕首が入っている。念のためにな」

「肝煎屋の旦那が、匕首を遣うことはあるめえよ」

そんな話をしながら、島蔵たち三人は柳橋を渡って両国広小路に出た。

陽は沈みかけていたが、両国広小路は賑わっていた。様々な身分の老若男女が行き交っている。

島蔵たちは賑やかな両国広小路を抜け、米沢町《よねざわ》の表通りに入った。その通りを日本橋方面に向かえば、浜町堀に突き当たる。橘町まで、それほど遠くない。

孫八たちは浜町堀にかかる汐見橋《しおみ》のたもとまで来ると、橋を渡らずに左手におれて堀沿いの道を南にむかった。

すこし歩くと、千鳥橋のたもとに出た。

「こっちでさァ」

孫八が先にたった。

人通りの多い表通りをいっとき歩いてから、右手の寂しい路地に入った。路地に入って間もなく、孫八が足をとめ、

「あれが古手屋で」

と言って、半町ほど先にある古手屋を指差した。店先に並んでいる甕、釜、瀬戸物の壺などの古物が見えた。孫八はすでに見ていたので分かったが、遠方なので、島蔵と吉左衛門には店先に何が置かれているか分からなかっただろう。

「身を隠すにはいい店だ」

吉左衛門が、古手屋に目をやって言った。

「近くに、身を隠す場所はあるのか」

島蔵が訊いた。

「店の斜向かいに笹藪がありやす」

孫八が、勇次とふたりで笹藪の陰で古手屋を見張ったことを言い添えた。

「おれたちも、そこに張り込むか」

「いいな」

吉左衛門と島蔵がうなずき合った。

孫八たち三人は空き地の隅の笹藪の陰に身を隠し、古手屋に目をやった。客の姿はなく、店はひっそりとしている。

「政五郎は、姿を見せるかな」

島蔵が、西の空に目をやって言った。

陽は雲のなかにあったが、雲間の空が茜色に染まっているので陽の位置は知れた。あと、半刻（一時間）もすれば、暮れ六ツ（午後六時）の鐘が鳴るだろう。

「政五郎が出てこなくても手下が姿を見せれば、盗人かどうか分かるだろうよ。それに、手下を尾けて塒をつかむ手もある」

吉左衛門が古手屋の店先を見ながら低い声で言った。

3

「おい、だれか、来るぞ」

路地の先に目をやっていた島蔵が言った。

見ると、紺の半纏に股引姿の男がこちらにむかって歩いてくる。

「弥三郎ですぜ」

孫八が小声で言った。

「あいつが、弥三郎か」

吉左衛門は、笹藪の陰から弥三郎の姿を凝《じっ》と見つめていたが、

「あいつも、盗人だな。それも、年季が入っている」

と、つぶやくような声で言った。

吉左衛門によると、周囲に目を配りながら歩く姿に盗人らしい臭いがあるという。

孫八や島蔵には、そんなものか、と思うだけで、盗人らしい臭いなど嗅ぎとれない。

弥三郎は古手屋の前まで来ると、店先に足をとめ、店先に並んでいる古物を品定めするような素振りをして路地の左右に目をやってから店に入った。

それからしばらくすると、笹藪の陰は淡い夕闇につつまれてきた。そろそろ暮れ六ツの鐘が鳴るのではあるまいか。

「二本差しが来やすぜ」

今度は、孫八が言った。

遠方なので、だれなのかまったく見分けられない。袴姿で刀を差しているので、武士であることは分かった。

武士は古手屋の方に近付いてきた。

「篠塚だ！」

思わず、孫八が声を上げた。

武士は総髪で痩せていた。大刀を一本落とし差しにしている。右京や平兵衛から聞いていた篠塚の風貌だった。

「あいつが、篠塚権十郎か」

島蔵が目を剝いて言った。

篠塚は古手屋の店先まで来ると足をとめ、店先の古物を見ながら店に入った。客を装ったようだ。

「どうやら、ここが、殺し人たちの集まる宿だな。……古手屋は極楽屋と似ているのかもしれねえ」

吉左衛門が島蔵に目をむけて言った。

「この店のあるじの政五郎が、殺し人たちの元締めってえことですかい」

孫八が訊いた。

「まちがいない。政五郎こと鶉の十蔵が、元締めだな」

吉左衛門が話したことによると、十蔵は盗人の頭目だったころから、ここを盗人宿として使っていたのではないかという。古手屋は十蔵の隠れ蓑になったし、盗人たちが客を装って集まることもできる。

「十蔵は歳をとって、盗人として家屋敷に押し込むのがむずかしくなった。そこで、殺し人の元締めをやる機会をずっと待っていたにちがいねえ」

吉左衛門が、断定するように言った。

「肝煎屋のおめえを狙ったのは」

島蔵が訊いた。

「十蔵は殺し人の元締めを始める前に、まず肝煎屋をやろうとしたのだろうよ。殺しの依頼がなけりゃァ、どんなに腕のいい殺し人をかかえていても、仕事にならねえからな。それに、肝煎屋と殺し人の元締めをやることになりゃァ、殺しの仕事をひとりで牛耳《ぎゅうじ》ることができるじゃァねえか」

「そういうことかい」

島蔵は渋い顔をして口をつぐんだが、すぐに、吉左衛門に顔をむけ、

「それにしても、盗人だった十蔵が、篠塚のような腕の立つ殺し人とどうやってつながったんだ」

と、訊いた。篠塚のことは、常造から聞いて知っていたのだ。

「おれにも。分からねえな」

吉左衛門が、十蔵か手下に訊いてみるしかねえ、と言ったとき、古手屋の戸口に人影があらわれた。

四人だった。篠塚と弥三郎、それに大柄な牢人と老人だった。大柄な牢人は、篠塚たちと四人で、右京と朴念を襲ったひとりである。

老人は黒羽織に縞柄の小袖で、渋い葡萄茶《えびちゃ》の角帯をしめていた。商家の旦那ふうである。中背で胸が厚く、腰まわりがどっしりしていた。鬢や髷は白髪で、すこし背が丸まっている。

「あの年寄りが、店のあるじだな」

島蔵が言った。

「十蔵だ。まちがいない」

吉左衛門が、重いひびきのある声で言った。老人の身辺には、同じ盗人だから分かる臭いがあるのだろう。

店先に出てきた四人のうち、篠塚と弥三郎だけが店先から離れた。老人と大柄な牢人は店先に立ち、去っていくふたりの背に目をやっていたが、すぐに踵《きびす》を返して店に入ってしまった。

「あの牢人は、古手屋に寝泊まりしているのかもしれねえな」

吉左衛門が言った。

「用心棒か」

「まァ、そうだ。おれが、安田の旦那や片桐の旦那に店に泊まってもらったのと同じだな。極楽屋の殺し人が、押し込んできたときの用心のためだろうよ」

「ほかにも、いるかもしれねえ」

そう言って、島蔵が顔をけわしくした。古手屋に、十蔵一味が何人もいるとみたからであろう。

「用心棒も厄介だが、この店で使っている奉公人も十蔵の手下のはずだ」

吉左衛門が低い声で言った。

島蔵と吉左衛門がそんなやり取りをしている間に、篠塚と弥三郎の姿は遠ざかっていった。

「元締め、篠塚を尾けやすぜ」

孫八が、まだ篠塚の塒が分かってないことを口にした。

「孫八、頼むぜ」

島蔵が言った。

「へい」

すぐに、孫八は笹藪の陰から路地に出た。そして、篠塚と弥三郎の跡を尾け始めた。

篠塚の塒をつかむためである。

後に残った島蔵と吉左衛門は、その場を動かず、古手屋の店先に目をやっていた。いっときすると、暮れ六ツの鐘が鳴った。すると、奉公人らしい男がふたり出てきて、店仕舞いを始めた。

「あのふたりも、十蔵の手先だな」

吉左衛門が、ふたりに目をやりながら言った。

「古手屋は、盗人だったやつらの巣だな」

島蔵が、つぶやくような声で言った。吉左衛門が盗人だったのを思い出して遠慮したらしい。

4

「片桐の旦那は、どうしやす」

島蔵が平兵衛に訊いた。

極楽屋の奥の小座敷だった。島蔵と平兵衛、それに孫八たち手引き人が四人集まっていた。

十蔵一味をどうするか相談するために、島蔵が殺し人と手引き人を集めたのである。ただ、その場に右京はいなかった。まだ、刀がふるえるまで傷が癒えてないので、声をかけなかったのである。

「わしから話してみよう」

平兵衛が言った。

右京が篠塚に斬られて十日経っていた。だいぶ傷は癒えたとみえ、右京は相生町の平兵衛の住む長屋にも来ていた。ただ、刀を遣えるほど回復してないようだった。無理をすると、傷口がひらくおそれもある。

「それで、篠塚の居所は知れたのか」

平兵衛が孫八に訊いた。長屋に知らせにきた嘉吉から、孫八が篠塚の跡を尾けたことを聞いていたのだ。

「知れやした。やつは、情婦《いろ》といっしょに富沢《とみざわ》町の借家に住んでいやした」

孫八が近所で聞き込んだところによると、篠塚は一年ほど前から借家に住むようになったという。それに、十蔵らしい年寄りが訪ねてくることもあるそうだ。

「富沢町なら、古手屋と近いからな」

日本橋富沢町は、古手屋のある橘町とは浜町堀をへだてた対岸にあたる。浜町堀にかかる千鳥橋を渡ればすぐである。おそらく、篠塚と十蔵はひそかに行き来しているにちがいない。

「これで、十蔵一味のあらかたの居所がつかめたわけだが、ひとりひとり始末するより手はないな」

篠塚、浅次、弥三郎の三人の塒は、それぞれ別である。

「まず、古手屋に押し込んで、十蔵と店にいる手先を殺っちまった方がいいな。……篠塚たち三人は、おれたちに塒をつかまれたことは、まだ気付いてねえ。すぐに、姿をくらますことはねえだろう」

島蔵が、大きな目をひからせて言った。

「そうだな」

平兵衛も、十蔵を始末するのが先だろうと思った。十蔵がいなくなれば、篠塚たちも吉左衛門や極楽屋の者から手を引くかもしれない。

「古手屋には、十蔵の他に手下もいるのだな」

平兵衛が、念を押すように島蔵に訊いた。

「用心棒もな。……図体のでけえ牢人がいるが、名は堀江稲兵衛《ほりえとうべえ》だ」

島蔵によると。孫八や嘉吉たち手引き人が、古手屋の近所で聞き込んで堀江の名が知れたそうだ。

「堀江稲兵衛か。聞いた覚えがないな」

平兵衛が言った。

「朴念から聞いたのだがな。堀江は亀久橋ちかくで、片桐の旦那と朴念を襲ったひとりらしい」

島蔵が、朴念に大柄な牢人の人相や体軀を話して分かったという。

「ほかには、手先らしいのが三人いる。ふたりは繁造と竹助というやつで、前から奉公人として店にいたようだ。もうひとりの名は分からねえが、遊び人ふうのやつらしい」

　島蔵によると、三人の手下のことも、孫八や嘉吉たちが近所で聞き込んでつかんできたという。

「それだけなら、右京の手を借りなくとも始末できそうだが、わしから話だけはしておこう」

　極楽屋に出入りする殺し人のなかで、古手屋を襲撃できる者は三人いた。平兵衛、朴念、孫八である。それに、島蔵も匕首を巧みに遣う。嘉吉たち手引き人も、十蔵の手下が相手なら後れをとるようなことはないだろう。

「それで、いつやるな」

　平兵衛が男たちに視線をまわして言った。

「明日の夕暮れ時は、どうです」

　島蔵が訊いた。

「よかろう」

　平兵衛も早い方がいいと思った。

「あっしの方で、段取りをつけやしょう」

　すぐに、島蔵はその場にいた孫八たちに顔をむけ、朴念に知らせる者、古手屋を見り過ぎていく。


張る者などを決めた。

平兵衛は極楽屋を出た足で、大川端にむかった。新大橋を渡って日本橋に出るつもりだった。右京に会って、明日のことを伝えておこうと思ったのである。

曇天だった。まだ、七ツ（午後四時）ごろのはずだが、町筋は夕暮れ時のように薄暗かった。肌寒い陽気のせいもあるのか、町行く人々の多くが、背を丸めて足早に通り過ぎていく。

右京は家にいた。まゆみもいっしょである。右京は、肩から腋《わき》にかけて晒を巻いていたが、着物の上からでは分からなかった。

平兵衛は、まゆみの淹れてくれた茶をすすった後、

「どうだな、傷の具合は」

と、訊いた。まゆみの前では、十蔵たちを討つ話は切り出せなかった。

「だいぶ、よくなりましたよ」

右京は、このとおり、と言って、両肩をゆっくりまわしてみせた。まだ、用心しながら肩を動かしているが、だいぶよくなったらしい。

「永山堂に、一尺九寸のすこし短い刀の研ぎを頼まれてな。研ぎ終えたので、明日、店に持っていくつもりなのだ」

平兵衛は何気なく言った。明日、殺しに行くという意味である。

一尺九寸の刀は、平兵衛の持っている来国光のことだった。平兵衛は殺しを仕掛ける前に、かならず来国光を研ぐのだ。そのことを、右京は知っていた。右京は、平兵衛が殺しに行くことを察知したはずである。

永山堂はまゆみも知っている刀屋なので、それらしい話にするために名を出しただけである。

「わたしも、行きましょうか」

右京は、口許に笑みを浮かべたまま言った。殺しにむかう平兵衛に同行する、と言っているのだ。

「いや、たいした刀ではないのでな。わし、ひとりで行くつもりだ」

平兵衛は、右京の手を借りるほどの相手ではない、と伝えたのである。

「わたしは、永山堂で刀を見るだけにしますよ」

右京は、殺しに手は出さないと言ったのだ。

「それなら、いっしょに行くか」

「お供します」

右京がうなずいた。

平兵衛はまゆみに目をやり、

「まゆみ、聞いたとおりだ。明日、右京と日本橋へ行くことになったぞ」

と言って、手にした湯飲みを膝先に置いた。

「ふたりとも、刀の話だと、すぐにまとまるんだから」

まゆみは急須で平兵衛の湯飲みに茶をつぎながら、つぶやくような声で言った。顔に笑みが浮いている。右京が父親と永山堂に行くなら、安心して見送れるのだろう。

5

晴天だったが、冷たい風が吹いていた。極楽屋の脇に群生している茅や芒の枯れた茎や穂が、陽を反射《はね》て白くかがやきながら揺れている。

七ツ（午後四時）ごろだった。極楽屋から数人の男が姿をあらわし、足早に仙台堀沿いの道に出た。平兵衛、右京、朴念、島蔵、嘉吉の五人である。

平兵衛たち五人は、亀久橋近くの桟橋から舟に乗った。艫に立って艪を漕ぐのは、嘉吉である。

平兵衛たちは仙台堀から大川へ出て浜町堀に入り、千鳥橋近くまで行くつもりだった。橘町にある古手屋を襲うためである。

　嘉吉は千鳥橋近くの船寄に舟をとめると、

「下りてくだせえ」

と、男たちに声をかけ、平兵衛たちが船寄に下りるのを待ってから、舟を舫《もや》い杭につないだ。

「こっちだ」

　先に立ったのは、島蔵だった。すでに、島蔵は孫八たちと来ていたので、古手屋までの道筋を知っていた。

　島蔵は平兵衛たちを古手屋の斜向かいにある笹藪の陰に連れていった。島蔵と吉左衛門とで、古手屋を見張った場所である。

　笹が風でザワザワと揺れていた。すこし寒いが、物音や話し声を消してくれるので、島蔵たちにはありがたい風である。

　笹藪の陰に、孫八、勇次、猪吉の三人がいた。朝のうちからこの場に来て、古手屋を見張っていたのだ。三人もで見張ったのは、何か異変があればただちに極楽屋まで知らせに走るためである。

「十蔵はいるか」

島蔵が、すぐに訊いた。十蔵が店にいなければ、どうにもならない。

「いやす」

孫八が答えた。一刻(二時間)ほど前、十蔵は客らしい男と話しながら店先まで出てきたそうだ。古着を買った客を送りだしたらしいという。

「篠塚や弥三郎は来てないのだな」

さらに、島蔵が訊いた。

「それが、浅次が来てるんでさァ」

孫八によると、十蔵が客を送り出して間もなく、浅次が姿を見せて店に入ったという。

「まだ、店にいるのか」

「いるはずでさァ」

「ちょうどいい。浅次も始末しちまおう」

島蔵が、その場に集まっている男たちに視線をまわして言った。

「まだ、すこし早いな」

平兵衛が西の空に目をやりながら言った。

陽が沈み、古手屋が店仕舞いし始めるまでには、まだ半刻(一時間)ほどあるだろう。平兵衛たちは、古手屋が店仕舞いし始め、店先の品物を店内に運び、表戸をしめ始めたときに押し入る策をたてていた。そのころになると、路地沿いにある店屋も表戸をしめ、人影がなくなるからである。

「押し込む前に、店の様子を訊いておくか。まず、出入りする場所だが、表のほかにもあるのか」

島蔵が、孫八たち三人に目をむけて訊いた。

「へい、見張っている間に、店のまわりも探っておきやした」

猪吉が、そう前置きして話した。

店は平屋だが、奥行きが長く、店につづいて四、五部屋はありそうだという。そのどこかの部屋に、手下や堀江などが寝起きしているらしい。その各部屋から外への出入り口はなく、手先たちは表から出入りしているそうだ。

「裏手は」

「背戸がありやす。裏手は、空き地で草藪になってまさァ」

背戸から路地には、笹藪のなかの小径をたどって出るらしいという。

「念のために、何人か裏手にまわるか」

島蔵が言った。

それまで黙って聞いていた右京が、

「この古手屋は、極楽屋に似た造りですね」

と、小声で言った。

「家の造りは似てても、住んでるやつらはちがいやすぜ。おれのところのやつらは、みんな身内でさァ。……手下じゃァねえ」

島蔵が苦笑いを浮かべて言った。

「そうだったな」

右京も微笑を浮かべた。

それからしばらくすると、陽が沈み、笹藪の陰に淡い夕闇が忍び寄ってきた。

そのとき、暮れ六ツの鐘が鳴り始めた。その鐘の音が終わらないうちに、路地のあちこちから表戸をしめる音が聞こえだした。店仕舞いを始めたらしい。

「支度しよう」

平兵衛が男たちに声をかけた。

その場に集まった男たちは、闘いの支度を始めた。島蔵たちは懐に呑んでいる匕首を確かめたり、草鞋《わらじ》の紐《ひも》を結び直したりしている。平兵衛は軽衫《かるさん》に草鞋履きで来たので、来国光の目釘を確かめただけである。朴念は懐から革袋を取り出し、手甲鈎を右手に嵌めている。

「店から出てきたぞ！」

店先に目をやっていた猪吉が、昂《たかぶ》った声で言った。

見ると、奉公人らしい男がふたり、店先に並べてある甕、釜、壺などの古物を店のなかに運び始めた。繁造と竹助である。

「み、店を、しめるぞ！」

勇次が声をつまらせて言い、笹藪の陰から飛び出そうとした。

「まだだ！」

島蔵が制し、

「ここから出るのは、表戸をしめ始めてからだ」

と、他の男たちにも聞こえるように言った。

男たちは身を乗り出すようにして、笹の間から古手屋の店先を見つめている。

路地に人影はなく、笹藪が風でザワザワと揺れていた。

繁造と竹助は戸口の品物を片付け終えると、表戸をしめ始めた。

「いくぞ！」

島蔵が男たちに声をかけ、笹藪の陰から路地に走り出た。

孫八、朴念、平兵衛、嘉吉が、島蔵につづく。その後に、猪吉と勇次がつき、右京はしんがりだった。

男たちは、風のなかを古手屋の店先にむかって走った。

表戸をしめている繁造と竹助は、まだ気付いていない。足音が風音に掻き消されているようだ。表戸の残りがあと三枚になったとき、繁造が走り寄る島蔵たちの足音を耳にして振り返った。

「あ、あいつら、店に押し込んでくる！」

繁造が、顔をひき攣《つ》らせて叫んだ。

「押し込みだ！」

竹助は叫びざま、店のなかに飛び込んだ。押し込みと思ったのは、島蔵や平兵衛たちの顔を知らなかったからであろう。

繁造も悲鳴を上げながら店のなかに逃げ込んだ。表戸の三枚分だけ、あいたままになっている。

6

古手屋の店の前に走り寄った島蔵たちは、すぐに二手に分かれた。島蔵、平兵衛、右京、孫八、勇次が表の戸口から押し入り、朴念、嘉吉、猪吉の三人が店の脇をたどって裏手にまわった。

島蔵たち五人は、あいたままになっている戸口の隅から店のなかに踏み込んだ。なかは薄暗かった。古着がびっしりと吊《つる》され、澱《よど》んだような闇のなかに黴《かび》と汗の入り交じったような臭いがただよっている。

店の奥に狭い畳敷きの間があった。帳場らしい。隅に帳場机と小簞笥が置いてあった。人影はない。

島蔵たちは、垂れ下がった古着を撥《は》ね除けながら帳場にむかった。帳場の先に障子がたててあった。その障子の向こうで、男の怒声や慌ただしく床を踏む足音などが聞こえた。十蔵たちがいるらしい。

島蔵が帳場に踏み込み、平兵衛、孫八、勇次がつづいた。右京はしんがりにまわった。取りあえず、様子を見るつもりらしい。

ガラッ、と島蔵が帳場の先の障子をあけはなった。

ひろい座敷になっていた。正面の奥に長火鉢が置いてあり、老人が長火鉢を前にして座っていた。背後に大きな神棚があった。

老人は口を引き結び、押し入ってきた島蔵たちに目をむけた。鬢や髷は白髪混じりで、すこし背がまるまっていた。浅黒い顔をした男で、切れ長の目をしている。

その老人の脇に、大柄な牢人と繁造が立っていた。牢人は堀江である。左手に大刀を引っ提げている。

「鶉の十蔵だな」

島蔵が、老人を見すえて訊いた。

「おめえさんは、極楽屋の島蔵かい。……地獄の閻魔といった方がいいかな」

十蔵がそう言って、ゆっくりと立ち上がった。島蔵と平兵衛にむけられた双眸がうすくひかっている。古手屋のあるじの顔ではなかった。鶉の十蔵と呼ばれた盗賊の頭目らしい剽悍で残忍そうな顔付きである。

「てめえら、肝煎屋やおれを始末して、闇の仕事を牛耳るつもりだったらしいが、そうはいかねえぜ」

島蔵は懐に右手をつっ込んで匕首を取り出した。むかし、殺し人だったころの島蔵にもどったようだ。

するど、十蔵の脇に立っていた繁造が、

「表だ！　出てこい」

と、奥にむかって叫んだ。子分たちを呼んだようだ。

すぐに、障子をあける音がし、荒々しく廊下を走る音がひびいた。右手の障子があいて、姿を見せたのは、浅次と竹助だった。

「こ、こいつら、極楽屋の連中だ！」

浅次が叫んだ。

「わしらは、地獄の鬼だよ」

平兵衛が言いざま来国光を抜いた。丸まっていた背筋が伸び、顔が豹変していた。顔がひきしまり、双眸が切っ先のようにひかっている。人斬り平兵衛と恐れられた殺し人の顔である。

「殺《や》っちまえ！」

十蔵が叫んだ。

すると、堀江が十蔵の前に出て、

「おれが相手になってやる」

と、言いながら抜刀した。平兵衛に立ち向かう気らしい。平兵衛を頼りなげな年寄りとみて、あなどったようだ。

浅次、繁造、竹助の三人も、懐から匕首を取り出して身構えた。

「親分、逃げてくれ!」

繁造が叫ぶと、十蔵は島蔵や平兵衛に目をむけながら右手に動いた。繁造は十蔵を守るように前に立ち、いっしょに右手へむかった。廊下に出て、裏手から逃げるつもりらしい。

「逃がさねえぜ」

島蔵が、すばやく平兵衛たちの後ろを通って右手にまわった。これを見た右京が、島蔵につづいて廊下側に動いた。左手に小刀を持っている。右京は念のために大小を差してきていたのだ。左手だけで、闘うつもりらしい。

浅次と竹助はその場に残った。浅次は腰をかがめ、匕首を手にして身構えたが、竹助は身を竦《すく》ませて恐怖に顔をひき攣《つ》らせている。

平兵衛は堀江と対峙した。

ふたりの間合は、およそ三間。すぐに、斬撃の間境を越える近間《ちかま》である。座敷はせまく、間合をひろくとることができないのだ。

堀江は青眼に構え、切っ先を平兵衛にむけた。腰の据わったどっしりとした構えである。平兵衛は逆八相ではなく、腰を沈めて低い八相に構えた。間合がとれないので、虎の爪は遣えなかった。それに、平兵衛には、こやつなら虎の爪でなくとも斃《たお》せる、との読みがあったのだ。

「いくぞ！」

平兵衛は、ジリジリと間合をせばめ始めた。

堀江は動かなかった。いや、動けなかったのである。顔に焦りの色が浮いている。平兵衛の威圧に押されているが、後ろに長火鉢があって下がれないのだ。

堀江の剣尖がわずかに浮いた。平兵衛の寄り身に押されて腰が浮いたらしい。

タアリヤッ！

突如、堀江が甲ばしった気合を発し、左手に動いた。気合で威嚇《いかく》し、平兵衛が気を乱した一瞬の隙をついて廊下へ逃れようとしたのだ。

だが、気を乱したのは、平兵衛ではなかった。堀江は気合を発した瞬間、気が乱れ、構えがくずれて剣尖が浮いた。平兵衛は、堀江の構えのくずれを見逃さなかった。

タアッ！

鋭い気合を発し、踏み込みざま斬り込んだ。

八相から袈裟へ。鋭い斬撃である。

堀江は平兵衛の斬撃を受ける間がなかった。平兵衛の切っ先が堀江の肩をとらえた。

ザクッ、と堀江の肩から胸にかけて着物が裂け、あらわになった肌に血の線がはしった。次の瞬間、傷口から血が迸《ほとばし》り出た。

堀江は獣の吼《ほ》えるような呻き声を上げ、身をのけぞらせて後ろによろめいた。堀江の足が長火鉢に当たり、身をよじるようにして後ろへ倒れた。

ボワッ、と長火鉢のなかから灰神楽《はいかぐら》が舞い上がった。堀江が左手を灰のなかにつっ込み、身を起こそうとして灰を掻き上げたのである。

堀江の肩口から噴出した血が、長火鉢の灰のなかや畳に小桶で撒いたように飛び散った。堀江は呻き声を上げ、左手を灰のなかにつっ込んだまま身をよじって起き上がろうとした。

そこへ、平兵衛が踏み込み、舞い上がった灰のなかに来国光の切っ先を突き込んだ。

切っ先は堀江の喉に深く突き刺さり、盆の窪《くぼ》に抜けた。鋭い一撃である。

一瞬、堀江は目尻が裂けるほど両眼を瞠《みひら》き、身を硬直させた。

平兵衛は、すぐに刀身を引き抜いた。すると、堀江の喉元から血が驟雨《しゅうう》のように飛び散り、長火鉢のなかの灰や畳に飛んでばらばらと音をたてた。平兵衛の切っ先が、堀江の首の血管《ちくだ》を斬ったのである。

堀江は喘鳴《ぜんめい》のような呻き声を喉から洩らしたが、すぐにぐったりとなり、長火鉢に上半身をあずけたような格好で動かなくなった。

絶命したようである。堀江の体は、飛び散った血と舞い上がった灰で赤と白の斑《まだら》に染まっている。

平兵衛は、浅次に目をやった。

浅次の胸のあたりに血の色があった。孫八の匕首で刺されたらしいが、浅手のようだ。浅次は障子に背をつけ、必死の形相で匕首を構えている。

竹助は長火鉢の脇にへたり込んでいた。着物の右袖が裂け、血塗《ちまみ》れである。孫八の匕首で斬られたのかもしれない。匕首は、膝先に落ちていた。

……孫八に手を貸すか。

平兵衛は、孫八の脇に近付いた。

7

廊下の隅に、繁造がうずくまっていた。腹を両手で押さえて、低い呻き声を上げている。着物の腹部が血に染まっていた。刃物で刺されたらしい。

十蔵は廊下の奥にいた。身をかがめ、匕首を顎のあたりに構えている。目をつり上げ、口をあけて、獣のような唸り声を洩らしていた。ひらいた口から、黄ばんだ歯が覗いている。

右京が十蔵と対峙していた。左手で小刀を持ち、切っ先を十蔵の胸のあたりにつけている。右京は表情を変えなかった。薄闇のなかで双眸がうすくひかり、表情のない顔にかえって凄みがあった。

島蔵は右京の背後に立っていたが、手にした匕首や右腕が血に染まっていた。繁造を刺したのは、島蔵のようだ。

十蔵は後じさりしながら、後ろを振り返った。裏口から逃げようとしたのかもしれない。だが、十蔵は逃げなかった。そのとき、裏手で朴念の怒号と手下の絶叫が聞こえたのだ。十蔵は裏口からも、極楽屋の者が押し入ってきたのを察知したらしい。

「きやがれ!」

十蔵が叫んだ。顔がこわばり、目がつり上がっている。追いつめられた者の必死の形相である。

右京は無言のまま、廊下を爪先で摺るようにして十蔵との間合をつめた。右京の手にした小刀の切っ先が、廊下の薄闇のなかで槍穂のように十蔵の胸元に迫っていく。

ふいに、右京の寄り身がとまった。一歩踏み込めば、切っ先のとどく間合である。

スッ、と右京が刀身を下げた。剣尖をはずして、十蔵の攻撃を誘ったのである。

「やろう!」

叫びざま、十蔵が飛び込んだ。

十蔵は匕首を前に突き出し、右京の首を狙って切っ先を横に払った。老人とは思えない俊敏な身のこなしである。

咄嗟に、右京は右に体を寄せて左手で持った小刀を撥ね上げた。一瞬の体捌きだった。甲高い金属音がひびき、十蔵の匕首が虚空に飛んで障子を突き破った。右京の一《いっ》颯《さっ》が、十蔵の匕首をはじき上げたのである。

十蔵は体勢をくずし、島蔵の前によろめいた。

すると、島蔵が体当たりするような勢いで踏み込み、

「くらえ！」

と一声上げて、十蔵の腹に匕首を突き刺した。

グワッ、という呻き声を上げ、十蔵が身をのけぞらせた。

島蔵と十蔵は、体を密着させたまま動きをとめた。島蔵の匕首が、十蔵の腹に深々と食い込んでいる。

「おれが、地獄に送ってやる！」

島蔵は、突き刺した匕首を十蔵の腹をえぐるように動かした。

「ど、どきゃァがれ！」

十蔵が怒声を上げ、右手で島蔵の肩先をつかんでつきとばそうとした。

瞬間、島蔵が後ろに身を引くと、十蔵の腹から匕首が抜けた。十蔵の着物の腹部が横に裂け、血に染まった傷口から臓腑が覗いている。島蔵が匕首でえぐり、臓腑まで截断したようだ。

十蔵は両手で腹を押さえると、がっくりと両膝を廊下の床についてうずくまった。

蟇《ひき》の鳴くような苦しげな呻き声を洩らしている。

島蔵は十蔵の背後に近付くと、

「おれは、この世の閻魔だ。すぐに、てめえを地獄の閻魔に送ってやるぜ」

と言いざま、匕首の切っ先を十蔵の首筋にあてて掻き切った。

ビュッ、と血が赤い筋になって飛んだ。

島蔵が十蔵の首の血管を掻き切ったのである。十蔵は一瞬、顎を前に突き出すようにして上半身を後ろに反らせたが、ふたたび首が前に垂れ、廊下につっ伏したような格好で動かなくなった。首筋から噴出した血が廊下に流れ落ち、赤い布をひろげるように廊下を染めていく。

島蔵は十蔵の脇に立ち、荒い息を吐きながら返り血を浴びた顔を手の甲で擦った。島蔵の顔が赭黒く紅潮していた。牛のような大きな目が異様にひかり、口をあけて牙のような歯を剝き出している。まさに、閻魔のような顔である。

「元締め、鵺の十蔵を仕留めたな」

右京が低い声で言った。

「片桐の旦那のお蔭だ」

島蔵は十蔵の脇に屈むと、匕首の血を十蔵の袖で拭った。

そこへ、裏手にまわった朴念たち三人が姿を見せ、廊下に倒れている十蔵と隅にうずくまっている繁造に目をやり、

「こいつは、まだ生きてるぜ」

と言って、朴念が繁造を指差した。

「そいつも、長くはねえ。……嘉吉、生かしておいても苦しむだけだ。そいつの息の根をとめてやれ」

島蔵が言った。

「承知しやした」

嘉吉は繁造の後ろにまわり、匕首を振り上げて繁造の盆の窪に突き刺した。

繁造は、ビクンと身を揺らし、顎を前に突き出すように身を反らせた。そして、硬直したように動きをとめたが、両肩が落ち、体から力が抜けてぐったりとなった。絶命したようである。

「ところで、裏から逃げたやつがいるのかい」

島蔵が訊いた。

「与之吉《よのきち》ってえ、遊び人らしいのが逃げてきたが、おれが仕留めた」

朴念が、手甲鈎で与之吉の頭を殴りつけると頭骨が割れ、一撃で死んだという。

「堀江はどうした」

朴念が訊いた。

「安田の旦那が、仕留めたはずだが……」

そう言って、島蔵は座敷の方に足をむけた。

右京や朴念たちがつづき、平兵衛たちのいる座敷に入った。

座敷には、平兵衛と孫八が立っていた。平兵衛の鬢や髷が、白っぽくなっていた。舞い上がった灰を浴びたのである。平兵衛はすでに刀を納めていたが、孫八は血塗れた匕首を手にしたままだった。

座敷に男が三人倒れていた。堀江、浅次、竹助である。三人の周囲には血と灰が飛び散り、赤と白の斑模様に染まっていた。

「どうした、十蔵は」

平兵衛が、島蔵たちに訊いた。

「十蔵も手先も、ひとり残らず仕留めたぞ」

島蔵が昂った声で言った。まだ、島蔵には十蔵を仕留めた高揚が残っているらしい。

「長居は無用だ。引き上げよう」

平兵衛が、男たちに言った。

すでに、座敷は夕闇につつまれていた。澱んだような闇のなかに血の濃臭がただよっている。

第六章　袈裟《けさ》と突き

1

樫《かし》の巨木が、空をおおうように枝葉をひろげていた。その葉叢《はむら》の間から春の陽が洩れ、境内《けいだい》の地面に落ちて、チラチラと揺れている。

本所番場《ばんば》町にある妙光寺《みょうこうじ》という無住の古寺である。平兵衛は、その境内にひとり立っていた。手に来国光を持っている。

平兵衛は殺し人として強敵と闘う前に、この寺に来て木刀や真剣を振ったり、剣の工夫をしたりすることが多かった。闘う相手によっては、脳裏に敵を描いて「虎の爪」を遣ってみることもあった。なまった体を鍛えなおすというより、勝負の勘と一瞬の反応を取り戻すためである。

平兵衛たちが、橘町の古手屋を襲い、鶉の十蔵をはじめ、堀江稲兵衛や浅次たちを始末して七日が過ぎていた。この間、朴念と孫八とで小伝馬町の勘兵衛店に住む弥三郎を襲い、朴念が手甲鈎で殴り殺した。そのとき、平兵衛は小伝馬町には行かなかった。朴念が、弥三郎はおれにやらせてくれ、と言い出したのでまかせたのである。

平兵衛は、右京とともに篠塚権十郎を斬りに行くことになった。平兵衛は孫八とふたりでやるつもりだったが、右京がわたしにも助太刀させてくださいと言ったので、ふたりで行くことにしたのだ。

ただ、平兵衛はひとりで篠塚と闘うつもりだった。すでに、右京の傷は癒えていたので篠塚と闘うことはできたが、平兵衛は剣客として篠塚の遣う突籠手と虎の爪で勝負したかったのである。

平兵衛は、来国光を遣って小半刻（三十分）ほど素振りをした。そして、体が汗ばんできたころ、あらためて逆八相に構えた。虎の爪を遣ってみるつもりだった。

すでに、平兵衛は一吉の二階の廊下で篠塚と切っ先を合わせていた。廊下は狭く、まともな立ち合いはできなかったが、篠塚の構えだけは見ていた。それに、篠塚と立ち合った右京から突籠手の太刀筋を聞いていたので、どんな技かは分かっていた。

平兵衛は脳裏に描いた篠塚と対峙《たいじ》した。

ふたりの間合は、およそ四間半。虎の爪を仕掛けるのに十分な間合である。

脳裏に描いた篠塚は青眼から刀身を下げ、切っ先を平兵衛の下腹につけてきた。下段にちかい構えである。篠塚の剣尖には、そのまま下腹に迫ってくる槍の穂先のような威圧感があった。

平兵衛は気を鎮めて、篠塚の起こりを待っていた。

平兵衛の逆八相と篠塚の下段のような低い構え——。

ふたりは、対峙したまま動かなかった。

つつッ、と篠塚が足裏を摺るようにして間合をつめてきた。

すかさず、平兵衛が虎の爪を仕掛けた。

イヤアッ!

平兵衛は裂帛《れっぱく》の気合を発し、篠塚の正面に鋭く身を寄せた。虎の爪は、果敢で素早い寄り身が命である。

篠塚との間合が一気に狭まった。

と、篠塚は切っ先をわずかに上げ、突きの気配を見せた。

かまわず、平兵衛は逆八相に構えたまま斬撃の間境を越えた。

瞬間、篠塚は平兵衛の面ではなく、手元に突き込むように籠手をみまった。次の瞬間、篠塚は突き込んだ切っ先を撥《は》ね上げた。

迅《はや》い! 籠手から籠手へ。突籠手の二の太刀である。

……斬られた！

と、平兵衛は感じた。

篠塚の切っ先が、平兵衛の右の前腕をとらえたような気がしたのだ。

すかさず、平兵衛も刀を撥ね上げて、篠塚の刀身をはじいた。つづいて、平兵衛は刀身を返して袈裟に斬り下ろした。一拍子のような連続した太刀捌きである。虎の爪の二の太刀だった。

……とらえた！

と、平兵衛は思った。袈裟にふるった一撃が、篠塚の肩から胸にかけて斬り下ろしたのである。

だが、平兵衛は篠塚に後れをとったことを察知していた。実戦であれば、先に籠手を斬られた平兵衛は、虎の爪の二の太刀をふるうことはできなかったのである。

……いま、一手。

平兵衛はふたたび逆八相に構え、篠塚を脳裏に描いた。

平兵衛は、虎の爪の仕掛けを迅くしようと思った。篠塚が突籠手をはなつ前に仕掛けるのである。

平兵衛は脳裏に描いた篠塚と対峙した。そして、篠塚が間合をつめようとして動いた瞬間をとらえた。裂帛の気合を発し、一気に篠塚の正面に迫った。虎の爪の俊敏で果敢な寄り身である。

平兵衛は一足一刀の間境を越えるや否や仕掛けた。

逆八相から真っ向へ。

瞬間、篠塚が身を引きざま、突籠手をみまってきた。

真っ向と突籠手——。

ふたりの斬撃は、ほぼ同時だった。切っ先が交差した次の瞬間、平兵衛は、籠手を斬られた、と感じた。神速の太刀捌きで、篠塚が刀身を撥ね上げたのである。

だが、平兵衛の切っ先も篠塚の額を浅く斬り裂いていた。

……相討ちか！

平兵衛は、お互いの切っ先が敵をとらえていたように感じた。

……もうすこし深く斬り込まねば、斃《たお》せぬ。

平兵衛は胸の内でつぶやいた。

斬撃は同時でも、篠塚の面を深くとらえれば、斃すことができる。籠手を斬られても致命傷にならないが、面ならば一撃で斃すことができるのだ。

平兵衛は逆八相に構えると、篠塚の構えを脳裏に描いた。

それから、半刻（一時間）ほど、平兵衛はくりかえしくりかえし、脳裏に描いた篠塚を相手に虎の爪をふるった。

……斬れた！

と感じるときもあったが、篠塚の突籠手を先にあびることもあった。

そのうち平兵衛の息が荒くなり、膝が笑うように震えだした。やはり、老体である。若いころとちがって、無理はできない。

……今日のところは、これまでか。

平兵衛は刀を下ろし、大きく息を吐いて胸の動悸《どうき》を静めた。

そのとき、山門の方で足音が聞こえた。振り返ると、孫八が足早にやってくる。

孫八は平兵衛のそばに来ると、

「やっぱり、ここでしたかい」

と言って、平兵衛が手にしている来国光に目をむけた。孫八は、平兵衛が強敵と闘う前に、妙光寺に来て剣の工夫をすることを知っていたのだ。

「どうした、篠塚に何か動きがあったのか」

平兵衛が訊いた。孫八は、嘉吉や勇次と手分けして篠塚の塒《ねぐら》を見張っていたはずである。

「まだ、富沢町の塒にいやすが、ちかいうちに出るかもしれやせんぜ」

孫八が平兵衛に身を寄せて言った。

「何か動きがあったのか」

「へい、昨日、篠塚は小伝馬町の勘兵衛店に行きやした。そのとき、弥三郎が殺られたことを知ったはずで――」

「篠塚は、十蔵たちが殺されたことを知っているだろうな。さらに、弥三郎が殺されたことを知れば、次は己の番だと思うわけか」

平兵衛も、ちかいうちに篠塚は富沢町の家を出るのではないかと思った。

「へい、それで、やつが塒から姿を消す前に殺っちまった方がいい、と元締めにも言われやしてね」

島蔵が、孫八に早く仕掛けるように話したらしい。

「もっともだ」

「それで、いつやりやす」

「早い方がいいな。……明日の夕刻はどうだ」

平兵衛は、ここまで来たらすぐにも仕掛けた方がいいと思った。

「承知しやした」

「右京にも、知らせてくれんか」

「へい」

孫八は、これから片桐の旦那に知らせやす、と言い残し、その場を離れた。

それから、平兵衛は半刻ほど、来国光を逆八相に構え、頭のなかだけで篠塚の遣う突籠手に虎の爪で挑んだ。

いつの間にか妙光寺の境内は夕闇につつまれ、樫の叢が平兵衛をおおうように黒々とひろがっていた。

2

平兵衛は、妙光寺の境内にいた。来国光でゆっくりと素振りをした後、逆八相に構え、虎の爪の太刀捌きで刀をふるった。篠塚の遣う突籠手を脳裏に描いて、立ち合うことはあえてしなかった。篠塚と闘うのは今日である。あとは、天にまかせるしかなかった。

風のない静かな日で、陽は西の空にまわっていた。木漏れ陽が境内の地面で、チラチラと戯《たわむ》れるように揺れていた。妙光寺の杜に集まっている野鳥の鳴き声が、絶え間なく聞こえている。

……これまでにするか。

そう思い、平兵衛が来国光を納刀したとき、孫八と右京が山門をくぐって近付いてきた。孫八は貧乏徳利を提げている。平兵衛のために用意してくれたらしい。

ふたりが近付くのを待ってから、

「篠塚は、家にいるのか」

と、平兵衛が訊いた。これから、平兵衛たち三人で、篠塚の住む富沢町の借家に行くことになっていたのだ。

「いやす。いま、嘉吉と勇次が見張ってまさァ」

「そろそろだな」

平兵衛が上空に目をやって言った。陽は西の空にあったが、陽射しはまだ強かった。平兵衛は、暮れ六ツ(午後六時)の鐘が鳴ってから仕掛けるつもりだった。

「旦那、酒を用意しやしたぜ」

孫八が貧乏徳利を持ち上げて見せた。

「ありがたい。……これを、見てくれ」

平兵衛は右腕を孫八の前に出し、掌をひらいて見せた。

指が小刻みに震えている。指だけではなかった。手も体も顫《ふる》えている。平兵衛の体の叫びといっていい。いつも、そうだった。平兵衛は強敵と闘う前になると、体が顫え出すのだ。真剣勝負の恐怖と異様な気の昂《たかぶ》りのせいである。

「さァ、こいつをやってくだせえ」

孫八が貧乏徳利を差し出した。

孫八も右京も、平兵衛の体が闘いの前に顫えだすことを知っていた。それを、酒を飲むことで静めるのである。

「いつもの武者震いですよ」

右京が小声で言った。右京は、平兵衛の体が顫えだすのは、闘いを前にして闘気が高まったせいだとみていた。

「いただくぞ」

平兵衛は孫八から貧乏徳利を受けとると、一気に三合ほど飲んで、フウッ、とひとつ大きく息を吐いた。

いっときすると、酒が臓腑に染み渡り、熱い血が体内を駆け巡り始めた。体の顫えがとまり、双眸に剣客らしい強いひかりが宿っている。酒気が真剣勝負の恐怖や異常な気の昂りを駆逐し、自信と闘気がみなぎってきたのだ。

「見てくれ」

平兵衛は、もう一度掌をひらいて見せた。手の震えはとまっている。そればかりか、全身に覇気が満ち、丸まっていた背が伸びたように見えた。

「人斬りの旦那らしくなりやしたぜ」

孫八が、声を上げた。

「出かけるか」

平兵衛、右京、孫八の三人は、妙光寺の山門をくぐり、大川端の通りに出た。これから、日本橋富沢町にむかうのである。

孫八は貧乏徳利を提げていた。平兵衛は、闘いの前にもう一度酒を飲むのである。

浜町堀にかかる千鳥橋を渡ったところで、

「こっちでさァ」

と言って、孫八が先にたった。浜町堀沿いの道を南にむかえば、富沢町はすぐである。

富沢町に入って間もなく、孫八は左手の路地に入った。そこは狭い路地で、小店や表長屋などがごてごてとつづいていた。けっこう人影があり、ぼてふり、長屋の女房らしい女、町娘、風呂敷包みを背負った行商人などが行き交っている。

その路地を三町ほど歩くと、孫八は左手の細い路地に入った。そこは寂しい路地で、店屋はすくなく小体な仕舞屋や空き地などが目についた。

孫八は路地沿いの草藪の陰に足をとめ、

「あそこに、八百屋がありやすね。その斜め前にある家が、やつの塒でさァ」

と言って、八百屋を指差した。

半町ほど先に八百屋があった。店先の台に、だいこんや青菜らしき物が並んでいる。客の姿はなかった。西にかたむいた陽が、店先まで伸びている。

その八百屋の斜向かいに仕舞屋があった。表の戸口が、路地に面している。家の右手が空き地になっていて、雑草でおおわれていた。

……空き地でも闘えるな。

と、平兵衛はみてとった。家のなかでの立ち合いは避けねばならない。間合が十分にとれないと、虎の爪は遣いづらいのだ。立ち合いの間合を十分とるのに、路地はすこし狭かったのである。

「嘉吉と勇次は、手前の椿の陰にいるはずですぜ」

孫八が言った。空き地の隅の椿が、枝葉をこんもりと茂らせていた。ふたりは、その樹陰にいるらしい。

た。

「行ってみよう」

平兵衛たちは、路地に篠塚らしい牢人がいないのを確かめてから仕舞屋に近付いた。

椿の陰に、嘉吉と勇次がいた。ふたりはそこから仕舞屋を見張っていたようだ。

「どうだ、篠塚はいるか」

平兵衛が念を押すように訊いた。

「いやすぜ」

嘉吉の話によると、一刻(二時間)ほど前、篠塚が木刀を持って家から出てきたという。篠塚は家の脇の空き地で半刻(一時間)ちかく、木刀の素振りをしたり打ち込んだりしていた。その後、家にもどってから一度も姿を見せないという。

……突籠手を遣ってみたのかもしれんな。

と、平兵衛は思った。篠塚もまた、平兵衛との闘いを予想して己の技を試してみたのかもしれない。

そのとき、また平兵衛の手が震えだした。体も顫えている。篠塚との闘いが目前に迫ったことを体が意識しているのだ。

「孫八、酒を頼む」

「へい」

孫八は、すぐに貧乏徳利を平兵衛に手渡した。

平兵衛は貧乏徳利の栓《せん》を抜くと、まず一合ほど飲み、一息ついてからさらに二合ほど飲んだ。

平兵衛の体のなかに、酒気が熱い血潮のようにひろがっていく。萎《しお》れていた草木が水を得てよみがえるように、平兵衛の全身に活力と闘気が満ちてきた。

顔付きも変わってきた。頼りなげな老爺だった顔がひきしまり、双眸が猛禽《もうきん》のようなひかりを宿している。人斬り平兵衛と恐れられた凄みのある顔である。

平兵衛は己の掌をひらいてみた。震えはとまっている。腹のなかに、闘気と自信がどっしりと腰を据えていた。

……勝てる！

と、平兵衛は胸の内で叫んだ。

3

石町の暮れ六ツの鐘が鳴った。平兵衛のいる椿の陰にも淡い夕闇が忍び寄っている。路地には人影がなかった。

路地沿いの八百屋は、店先に並べてあるだいこんや青菜を店のなかに運び入れていた。店仕舞いを始めたのである。

いっときすると、八百屋は店仕舞いを終えた。

頃合である。近所の者に騒がれることなく、立ち合うことができるだろう。

「まいろうか」

平兵衛は右京に声をかけ、椿の陰から路地に出た。ふたりで、表の戸口から踏み込むことになっていたのだ。

孫八たち三人は、近くの物陰に身を隠した。闘いの様子によっては、加勢するつもりらしいが、匕首では篠塚に太刀打ちできないので、石でも投げるくらいしか手はないだろう。平兵衛と右京は、仕舞屋の戸口の前に立った。

「あけますよ」

右京が声をかけ、引き戸をあけた。戸締まりなどしてないらしく、戸は簡単にあいた。平兵衛と右京が土間に踏み込むと、

「どなたですか」

と、正面の障子の向こうで女の声がした。篠塚といっしょ住んでいる情婦であろ

う。右京が戸をあける音を耳にしたのかもしれない。それに、情婦のいる座敷には、もうひとりいる気配がした。篠塚にちがいない。

「篠塚どのは、おられるかな」

平兵衛がおだやかな声で言った。

すると、障子のむこうで立ち上がる気配がし、障子があいて年増が顔を出した。障子の向こうに、座している袴姿の男がいた。顔は見えないが、武士であることは分かった。男の膝先に膳があり、銚子が立ててある。酒を飲んでいたらしい。

「安田がまいったと、伝えていただきたいが」

平兵衛が言った。

「おまえさん、安田さまだそうですよ」

年増が、振り返って座敷にいる男に目をやった。

驚いたような男の声がし、慌てて立ち上がった。

「安田平兵衛か」

障子の間から、男の顔が見えた。痩身、総髪の男である。篠塚だった。

「片桐もいっしょか！」

篠塚が、立っている年増の肩越しに見て声を上げた。右京が来るとは思わなかったのだろう。

「いかにも。篠塚、表に出ろ！」

平兵衛が強い口調で言った。

「地獄の鬼どもが、顔をそろえてやってきたか」

篠塚が平兵衛と右京を睨むように見すえて言った。顔が赭黒《あかぐろ》く染まり、双眸が射るようにひかっている。

「どうするな。……外でやるか、それとも家のなかか」

平兵衛が低い声で訊いた。

「ふたりがかりか」

篠塚が右京に目をむけて言った。

「おぬしのお蔭で、おれはまだ刀が自在に遣えぬ」

右京はそう言ったが、右手はだいぶ癒えて刀を遣うこともできる。ただ、篠塚を斬るのは平兵衛にまかせるつもりだった。もっとも、平兵衛があやういと見れば、助太刀にくわわる腹でいた。

「わしが相手しよう」

平兵衛が言った。

「よかろう。外で相手になってやる」

そう言うと、篠塚は座敷の奥から大刀を手にしてきて腰に帯びた。そして、脇にいる年増に、「おせん、座敷で待ってろ、すぐにもどる」と言い置いて、戸口に出てきた。年増の名はおせんらしい。

平兵衛は家の脇の空き地で篠塚と対峙した。右京は、空き地の隅に立ったまま平兵衛と篠塚を見つめている。

空き地は淡い夕闇につつまれていた。辺りに人影はなく、路地沿いの店屋もひっそりと静まっている。

平兵衛と篠塚の間合は、およそ四間半。まだ、ふたりとも刀を抜かず、両腕を脇に垂らしていた。

平兵衛は、すばやく空き地に目をやって足場を確認した。すでに、平兵衛はこの場に来る前、空き地を見ていたが、念のために確かめたのである。虎の爪は迅速な寄り身が命なので、足場が悪いと威力を発揮できないのだ。空き地は雑草でおおわれていたが、足をとられるような草株や蔓草《つるくさ》はなかった。

平兵衛はあらためて篠塚に目をやり、

「立ち合う前に、訊いておきたいことがある」

と、低い声で言った。

「なんだ」

「おぬし、十蔵とはどこで知り合った」

平兵衛は、篠塚が古手屋に出入りしていてつながったとは思えなかった。それに、篠塚ほどの腕の男が江戸市中にいれば、平兵衛の耳に噂がとどいていいはずである。

「品川だ」

「品川だと」

平兵衛が聞き返した。

「おれは街道筋を流れ歩いていたが、品川宿には数年とどまっていた。たまたま品川宿の賭場で用心棒をしていたときに、十蔵と知り合ったのだ」

篠塚は隠さずに話した。自分の素姓や十蔵とのかかわりを知られても、かまわないと思っているようだ。

篠塚によると、十蔵はふだん橘町の古手屋で暮らしていたが、目立たないように派手な遊びはひかえていたという。それで、ときおり子分を連れて品川宿の女郎屋まで足を延ばすことがあったそうだ。そのとき、品川宿のはずれにあった賭場にも顔を出し、篠塚に声をかけたという。

「そういうことか」

めずらしいことではなかった。品川宿は、江戸近隣の宿場のなかでも飯盛女と呼ばれる遊女の多いことで知られていた。旅人でなくとも、江戸市中から女郎屋をめあてに品川宿まで足を延ばす男は、すくなからずいたのだ。

平兵衛は、吉左衛門や寅七からも十蔵の話を聞いていたが、いま篠塚が話したことと重なるところがあった。

吉左衛門たちが口にしたとおり、十蔵は古手屋を隠れ蓑にしてひっそりと暮らしていたようだ。まさに、鶉のごとく身を隠していたのであろう。子分たちにも、江戸市中の岡場所で派手に遊んだり、賭場にでかけたり目立つことはさせなかったらしい。それで、十蔵はときおり子分たちを連れて品川宿まで足を延ばし、女や博打で憂さを晴らしていたのであろう。

そうしたおり、賭場に居合わせた篠塚の腕を知り、殺し人に使えると踏んで声をかけたにちがいない。あるいは、十蔵は篠塚と会ったおりに、この男ならいい殺し人になる、と踏んで、殺し人の元締めになる肚をかためたのであろう。見方を変えれば、篠塚と出会ったことが、吉左衛門に対する復讐心とふたたび江戸の闇世界に君臨する野望に火を点けたのかもしれない。

「安田、おぬしも歳だ。……そろそろ冥土に、旅立ったらどうだ」

篠塚が口許に薄笑いを浮かべ、左手で刀の鯉口を切った。

「その前に、おぬしに引導を渡してくれよう」

平兵衛は、来国光の柄に手をかけた。

4

平兵衛は抜刀すると逆八相に構えた。虎の爪の構えである。

篠塚は青眼に構えてからゆっくりと刀身を下げ、切っ先を平兵衛の下腹につけた。下段にちかい、突籠手の構えである。

ふたりの間合はおよそ四間半。まだ、遠間《とおま》だった。ふたりの刀身が、夕闇のなかで銀色《しろがねいろ》ににぶくひかっている。

篠塚は対峙したまま全身に気勢を込め、気魄で平兵衛を攻め始めた。平兵衛の気を乱し、隙をついて突籠手をはなつ間合に入ろうとしているのである。

平兵衛も気で攻めながら、篠塚の気の動きを読んでいた。

ふたりは動かなかった。夕闇のなかで、ふたりの姿は黒い塑像《そぞう》のように見えた。微動だにしない。気攻めだけがつづいている。ふたりの剣気がしだいに高まり、斬撃の気配が満ちてきた。

イヤアッ！

突如、篠塚が鋭い気合を発し、ピクッ、と剣尖を上げた。牽制だった。突籠手の仕掛けの動きを見せたのである。

平兵衛は動じず、つつッ、と足裏を擂るようにして二尺ほど間合をつめた。すると、篠塚も同じような足捌きで、やはり半間ほど間をつめてきた。

と、篠塚の剣尖がわずかに上がり、全身に斬撃の気がはしった。突籠手の起こりである。

……くる！

平兵衛は察知し、体が反応した。

イヤアッ！

裂帛の気合を発し、平兵衛は鋭い寄り身をみせた。

サササッ、と叢《くさむら》が音をたてて揺れ、平兵衛が篠塚の正面に一気に迫った。虎の爪の果敢な寄り身である。

咄嗟に、篠塚は突きの気配を見せた。

だが、平兵衛が先に仕掛けた。斬撃の間境に迫るや否や斬り込んだ。

逆八相から袈裟へ。

間髪をいれず、篠塚は身を引きざま、胸元に突き込むように籠手をはなった。

二筋の閃光が、夕闇を稲妻のように切り裂いた。

平兵衛の切っ先は篠塚の肩先をかすめて流れ、篠塚の切っ先は平兵衛の右の前腕を浅く斬った。篠塚は両腕を突き出した分だけ、切っ先が前に伸びたのだ。

次の瞬間、ふたりは二の太刀をはなった。

平兵衛は刀を振り上げて袈裟に斬り下ろした。一瞬の太刀捌きである。

篠塚は、ふたたび籠手を狙って切っ先を撥ね上げた。

平兵衛の切っ先は篠塚の肩先を斬り裂き、篠塚のそれは空を切って跳ね上がった。

平兵衛の太刀捌きが迅く、篠塚の切っ先が籠手にとどかなかったのである。

ふたりは大きく後ろに跳んで間合をとると、ふたたび逆八相と突籠手の低い構えをとった。

一瞬の攻防だった。

逆八相に構えた平兵衛の右の前腕から血が流れ、腕をつたって着物の袖を赤く染めていた。ただ、浅手だった。闘いには何の支障もないだろう。

一方、篠塚の着物の左肩先が裂け、血の色があった。平兵衛の切っ先がとらえたのだが、やはり浅手である。わずかに皮膚が裂けただけらしい。

「相撃ちか」

篠塚がつぶやくような声で言った。

篠塚の顔が紅潮し、双眸が炯々《けいけい》とひかっていた。うすい唇が血を含んだような赤みを帯びている。一合し、血を見たことで気が異様に昂っているようだ。

「そうかな」

平兵衛は相撃ちとは思わなかった。平兵衛は、二の太刀をさらに深く踏み込むことで、袈裟に斬り裂くことができるとみたのである。

「いくぞ！」

平兵衛は先《せん》をとって仕掛けた。

つつつッ、と平兵衛は摺り足で半間ほど間合をつめた。この寄り身に、すかさず篠塚が動いた。篠塚の剣尖がわずかに上がり、全身に斬撃の気がはしった。突籠手の起こりである。

瞬間、平兵衛が反応した。

イヤアッ！

裂帛の気合を発し、平兵衛が鋭い寄り身を見せた。

篠塚との間合が、一気にせばまった。

斬撃の間境に迫るや否や、平兵衛の全身に斬撃の気がはしった。同時に、篠塚も突籠手の気配を見せた。

次の瞬間、ふたりの体が躍り、二筋の閃光がはしった。

平兵衛が逆袈裟から袈裟へ。

篠塚が突き込むように籠手へ。

次の瞬間、ふたりの切っ先は、空を切って流れた。

平兵衛も篠塚も敵の初太刀がみえていたので、わずかに間合を大きくとって切っ先をかわしていたのだ。

すかさず、ふたりは二の太刀をはなった。すばやい反応である。

篠塚がふたたび籠手を狙い、切っ先を撥ね上げた。

一瞬、平兵衛は斬撃を遅らせ、篠塚の切っ先を鍔《つば》で受けながら、大きく踏み込んで袈裟に斬り込んだ。

にぶい金属音がして、篠塚の刀身が流れ、切っ先が平兵衛の右腕をかすめて空を切った。咄嗟に、平兵衛は籠手にきた篠塚の切っ先を鍔で受け流したのだ。篠塚の肩が、ザクリと裂けた。平兵衛の袈裟斬りが、篠塚の肩をとらえたのである。

ふたりは、大きく背後に跳んで間合をとった。

平兵衛は、すぐに逆八相に構えた。一方、篠塚は突籠手の構えをとろうとして切っ先を平兵衛の下腹にむけた。だが、その切っ先は小刻みに揺れて構えが定まらなかった。

篠塚の左肩から胸にかけて着物が裂け、あらわになった肌から血が迸《ほとばし》り出ていた。平兵衛の切っ先が、深く斬り裂いたのだ。

「篠塚、これまでだな」

平兵衛が篠塚を見すえて言った。

「お、おのれ！」

篠塚が目をつり上げて叫んだ。傷口からの出血が激しく、篠塚の着物が見る間に赤く染まっていく。

「手を引け」

「まだだ！」

篠塚が憤怒の形相で、間合をつめてきた。

篠塚は逆上している。腰が浮き、剣尖も平兵衛の胸のあたりにきていた。突籠手の構えがくずれている。

平兵衛は逆八相に構えたまま動かなかった。

篠塚が一気に間合をつめ、一足一刀の間境に踏み込んできた。気攻めも牽制もない捨て身の攻撃である。

タアアッ！

突如、平兵衛が裂帛の気合を発して斬り込んだ。篠塚の面に隙を見たのである。

逆八相から振りかぶるようにして真っ向へ。

平兵衛の切っ先が、突籠手をはなとうとして踏み込んだ篠塚の眉間《みけん》をとらえた。神速の斬撃である。

にぶい骨音がし、篠塚の眉間に血の線が縦にはしった。

次の瞬間、篠塚の額が割れ、血と脳漿《のうしょう》が飛び散った。

一瞬、篠塚は硬直したようにつっ立った。額が柘榴《ざくろ》のように割れ、血が噴いている。

ぐらっ、と篠塚の体が揺れ、腰からくずれるように転倒した。悲鳴も呻き声も聞こえなかった。

叢に伏臥した篠塚の背に二度痙攣《けいれん》がはしったが、すぐにぐったりとして動かなくなった。絶命したようである。

篠塚の額からの出血が、叢に流れ落ちてカサカサと音をたてていた。虫でも這っているような音である。

平兵衛は、血刀を引っ提げたまま横たわっている篠塚に歩を寄せた。胸の動悸が激しかった。顔が赭黒く紅潮し、荒い息が洩れた。膝先もかすかに震えている。

……と、歳だわい。

平兵衛は胸の内でつぶやき、大きく息を吐いた。すこし間をおいて、三度つづけて大きく息を吐くと、いくぶん動悸が収まり、息も静まってきた。歳のせいか激しく動くと息が乱れ、胸が苦しくなるのだ。

そこへ、右京と孫八が小走りに近寄ってきた。

「見事でした。わたしが、手を出す間もありませんでしたよ」

右京が平兵衛に声をかけた。顔に、安堵《あんど》の色がある。右京も内心、気が気ではなかったのだろう。

「ざまはねえや」

孫八が、篠塚の死体に目をやって言った。

「何とか始末できたな」

そう言うと、平兵衛は篠塚の脇に屈み、袖口で来国光の血を拭ってから鞘に納めた。

勝負は紙一重だった、と平兵衛は思った。鍔で篠塚の突籠手を受けた一瞬の反応が勝負を分けたのである。

平兵衛は、妙光寺で篠塚の突籠手の太刀筋を脳裏に描いて破る工夫をしたことが、咄嗟の反応を生んだのであろうと思った。

そのとき、戸口の方から走り寄る足音が聞こえ、物陰に身を隠していた嘉吉と勇次が姿を見せた。

「さ、さすが、安田の旦那だ」

嘉吉が横たわっている篠塚に目をやって声を上げた。勇次も、驚いたような顔をして篠塚に目をむけている。

「どうしやす、この死骸《おろく》は」

孫八が訊いた。

「このままでいい」

平兵衛は、極楽屋にもどろう、と言って、ゆっくりと歩きだした。今夜は極楽屋で仲間たちと酒を飲み、老体を駆けめぐっている血の滾《たぎ》りを静めようと思ったのだ。

5

「父上、夕餉をいっしょに食べましょう」

まゆみが、嬉しそうな顔をして言った。

岩本町の長兵衛店だった。平兵衛は、頼まれていた刀の研ぎを終えたこともあって、娘夫婦の家に来ていたのだ。

「馳走になろうかな」

平兵衛は、これから相生町の長屋にもどって、夕餉の支度をするのは面倒だと思った。それに、まゆみたちといっしょに食事するのは久し振りだった。

「わたし、父上の好きな煮染《にしめ》を買ってくる」

まゆみは、すぐに腰を上げた。

近くに、煮染屋があることは平兵衛も知っていた。

まゆみが流し場で丼《どんぶり》を手にし、土間へ出て下駄をつっかけたとき、

「まゆみ、気をつけろよ。ころばぬようにな」

と、右京が声をかけた。

「は、はい……」

まゆみは戸惑うような顔をして振り返り、かすかに頬を赤らめたが、何も言わず腰高障子をあけて出ていった。

平兵衛は、何かあったかな、右京のやつ、妙にやさしいではないか、と胸の内でつぶやいたが、夫婦のことに口をはさまない方がいいと思って黙っていた。

「義父上《ちちうえ》、古手屋はどうなりました」

右京が湯飲みを手にしたまま訊いた。湯飲みには、まゆみが淹れてくれた茶が入っている。

平兵衛たちが、篠塚を始末してから半月ほど経っていた。右京はちかごろ極楽屋に行かなかったので、平兵衛にその後の様子を訊いたのだろう。

「店はしまったままだ。……十蔵や弥三郎は、仲間割れで斬り殺されたと町方はみているらしいな」

「仲間割れですか」

右京が念を押すように訊いた。

「ああ、吉左衛門が裏で手をまわし、それとなく町方の耳に入れたようだ」

吉左衛門は、十蔵が鵺の十蔵と呼ばれた盗人の頭目だったこと、殺された他の者たちも盗人一味だったこと、さらに牢人は十蔵が雇った用心棒だったことなどを岡っ引きの耳に入れたという。

「吉左衛門の話に嘘はなかったからな。町方も、仲間割れとみて疑わなかったようだ」

そう言って、平兵衛は膝先の湯飲みに手を伸ばした。冷たくなっていたが、しゃべった後だったのでうまかった。

「それで、吉左衛門は、これからも肝煎屋をつづけるつもりですか」

右京が訊いた。

「そのつもりらしい。あの男は、このくらいのことで、めげはしないよ。……また、忠造のような手先をみつけて、一吉を隠れ蓑にして肝煎屋をつづけるにちがいない」

「吉左衛門は、十蔵と同じように殺しの元締めもやる気になるかもしれませんね」

「いや、吉左衛門は殺し人や元締めにむかないことを知っている。殺し人も元締めもやる気はないいな」

「十蔵も、殺し人のことを知っていれば、手を出さなかったかもしれませんね」

そう言って、右京は手にした湯飲みを膝先に置き、茶を淹れかえましょうか、と小声で訊いた。

「いい、そのうちまゆみがもどってこよう。……それより、右京、怪我はどうだ。もう、刀は遣えるのか」

平兵衛が声をあらためて訊いた。

「はい、このとおりです」

右京は、両肩をまわしてみせた。傷をかばっている様子はなかった。完治したようである。

「それなら、刀も遣えるな」

「竹刀も木刀も、遣えます」

「よかったな。……まァ、当分、殺しの仕事はあるまいがな」

「義父上」

右京が平兵衛に顔をむけ、

「極楽屋には、商家の警固や用心棒のような仕事の依頼もあると聞いたのですが」

と、声をあらためて訊いた。

「あるが……」

「しばらく、殺し人から足を洗い、そうした仕事をしたいのですがね」

右京が戸惑うような顔をして言った。ただ、平兵衛にむけられた目は真剣だった。

「殺し人の足を洗うのは、いいことだが……。右京、何かあったのか」

常々、平兵衛はまゆみのためにも、右京に殺し人の足を洗ってもらいたいと思っていた。これまでも、それとなく右京に話していたが、足を洗う気配はまったくなかったのだ。

「い、いえ、殺しの仕事にかかると、どうしても家をあけることが多くなり、まゆみを心配させるし、言い繕うのも心苦しくて」

右京は困惑したように口ごもった。

「右京の気持ちも分かるが……」

なぜ、突然その気になったのか、何かわけがあるはずである。

そのとき、平兵衛は、右京が、気をつけろよ、ころばぬようにな、とまゆみに声をかけたのを思い出した。

「右京、どうした。何が、あったのだ？」

平兵衛が右京の顔を覗くように見て訊いた。

「い、いえ、何も……」

右京が言葉を濁した。

「いや、何かあった。まゆみの身に、何かあったにちがいない」

平兵衛が身を乗り出して訊いた。

「じ、実は、まゆみが……」

「まゆみが、どうした」

「身籠もったようなのです」

「み、身籠もったと！」

思わず、平兵衛が声を上げた。

まゆみと右京が所帯をもって、三年の余になる。いつ、身籠もってもおかしくはないし、平兵衛も胸の内では孫の誕生を切望していた。だが、いっこうにその気配がないので、ちかごろは半ば諦めていたのだ。

「まことか」

平兵衛が念を押した。

「ま、まだ、はっきりしませんが、まちがいないようです」

右京によると、まゆみは何日か前から食事のとき吐くことがあったという。右京は、まゆみの体のぐあいが悪いのかと思って訊くと、悪阻《つわり》らしいというのだ。まゆみは、恥ずかしげに身籠もったことに口にしたそうだ。

「いや、よかった。右京、よかったな」

平兵衛が糸のように目を細めた。

「は、はい」

右京も嬉しげに相好《そうごう》をくずした。

「右京、そういうことなら、殺し人の足はきっぱりと洗わねばならんな」

平兵衛が、声をあらためて言った。

「そのつもりで、さきほど、義父上に訊いたのです」

「そうだったのか。……わしにも、孫ができるわけだな」

「義父上、まゆみが身籠もったことは、まだ内緒にしておいてほしいのですが」

右京が言った。

「どうしてだ」

「まゆみに、義父上には、まだ話さないでほしいと言われてますし、こういうことはまゆみから直《じか》に聞いた方がいいかと思いまして」

右京が困ったような顔をして言った。

「分かった。内緒にしておこう」

平兵衛も内緒にしておけば、まゆみが打ち明けるのを待つ楽しみもあると思った。

いずれにしろ、まゆみの腹が膨れてきて、だれの目にも分かるようになるはずだ。

平兵衛たちがそんなやり取りをしていると、戸口に近付いてくる下駄の音がした。

まゆみである。

「右京、帰ってきたぞ」

平兵衛が右京に身を寄せて言った。

すぐに、腰高障子があき、まゆみが丼を手にして入ってきた。煮染は丼に入っているようだ。

「父上、好物のひじきの煮染がありましたよ」

そう言って、まゆみは流し場に立とうとしたが、座敷にいる男ふたりの目が自分にそそがれているのに気付き、

「どうしたんです、ふたりとも、黙り込んで」

と、怪訝な顔をして訊いた。

「い、いや、なんでもない」

平兵衛は、慌ててまゆみの腹にむけていた目をそらした。

そして、右京と目を合わせ、まだ、腹は膨れてないな、と目だけで伝えた。右京

は、平兵衛が胸の内でつぶやいた言葉が分かったのか分からないのか、戸惑うような顔をしてまゆみの背に目をむけている。

殺鬼狩り

一〇〇字書評

切・り・取・り・線

購買動機（新聞、雑誌名を記入するか、あるいは○をつけてください）

□（　　　　　　　　　　　　　　　）の広告を見て
□（　　　　　　　　　　　　　　　）の書評を見て
□ 知人のすすめで　　　　　　□ タイトルに惹かれて
□ カバーが良かったから　　　□ 内容が面白そうだから
□ 好きな作家だから　　　　　□ 好きな分野の本だから

・最近、最も感銘を受けた作品名をお書き下さい

・あなたのお好きな作家名をお書き下さい

・その他、ご要望がありましたらお書き下さい

住所	〒				
氏名		職業		年齢	
Eメール	※携帯には配信できません	新刊情報等のメール配信を 希望する・しない			

この本の感想を、編集部までお寄せいただけたらありがたく存じます。今後の企画の参考にさせていただきます。Eメールでも結構です。

いただいた「一〇〇字書評」は、新聞・雑誌等に紹介させていただくことがあります。その場合はお礼として特製図書カードを差し上げます。

前ページの原稿用紙に書評をお書きの上、切り取り、左記までお送り下さい。宛先の住所は不要です。

なお、ご記入いただいたお名前、ご住所等は、書評紹介の事前了解、謝礼のお届けのためだけに利用し、そのほかの目的のために利用することはありません。

〒一〇一‐八七〇一
祥伝社文庫編集長　坂口芳和
電話　〇三（三二六五）二〇八〇

祥伝社ホームページの「ブックレビュー」からも、書き込めます。
http://www.shodensha.co.jp/
bookreview/

祥伝社文庫

殺鬼狩《さつきが》り　闇《やみ》の用心棒《ようじんぼう》

平成25年 4 月20日　初版第1刷発行

著　者　鳥羽《とば》 亮《りよう》
発行者　竹内和芳
発行所　祥伝社《しようでんしや》
東京都千代田区神田神保町 3-3
〒101-8701
電話　03（3265）2081（販売部）
電話　03（3265）2080（編集部）
電話　03（3265）3622（業務部）
http://www.shodensha.co.jp/
印刷所　萩原印刷
製本所　関川製本
カバーフォーマットデザイン　中原達治

 ISBN978-4-396-33835-0 C0193